# 師友偶記：清史大師手札

劉世南 著

崧燁文化

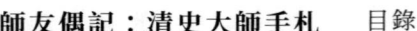

師友偶記：清史大師手札　　目錄

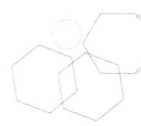

# 目錄

前言 ... 13

一封信 ... 15

程千帆 ... 19

吳小如 ... 25

董健 ... 31

張國功 ... 41

嚴凌君 ... 49

傅杰 ... 53

北大之行 ... 59

劉夢芙 ... 77

錢仲聯 ... 91

關於宮體文學的論爭 ... 95

龍榆生與錢鍾書 ... 105

對《容安館札記》「審美批評」的管見 ... 113

馬大勇 ... 125

隱君一首贈萬光明 ... 133

外編 ... 135
    當代知識分子是怎樣繼承和發揚中國古代士的優良傳統的？ ... 135

| 苔花如米小，也學牡丹開 | 139 |
| 我與《清詩流派史》 | 142 |
| 談「公天下」及其他——讀書三悟 | 147 |

# 夜見劉峙 — 153

# 附錄 — 157
| 論清詩流派　望學術殿堂 | 157 |
| 讀書的法門治學的境界 | 169 |
| 世南先生與我 | 174 |
| 治學的境界人格的風範 | 177 |

# 永遠年輕的先生 — 185

# 自我肺腑出未嘗隻字篡 — 189

# 跋 — 195

　　劉世南，江西吉安人，1923年生，著名文史學者，江西師範大學文學院教授，父親為前清秀才，自幼親承庭訓，精熟經史；代表著作有《春秋穀梁傳直解》《清詩三百首詳注》《清詩流派史》《在學術殿堂外》《大螺居詩文存》等。其中，《清詩流派史》被學術界視為清詩研究的經典著作之一。在《文學遺產》《古籍整理研究》《博覽群書》等刊物發表論文數十篇。曾受聘為《全清詩》編纂委員會顧問、江西省古籍整理中心組成員、大型叢書《豫章叢書》整理編輯委員會首席學術顧問。

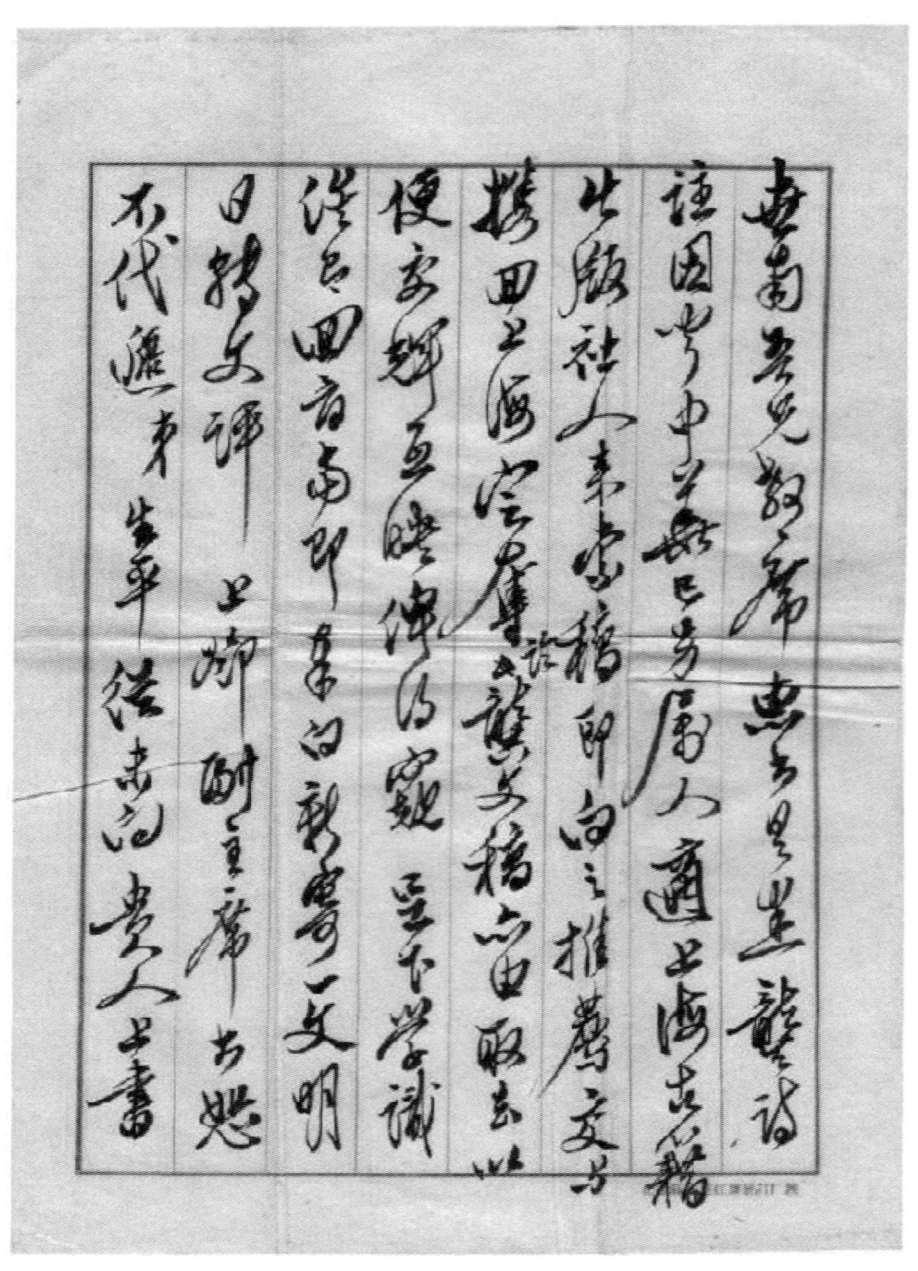

**師友偶記：清史大師手札**　　目錄

錢鍾書致作者書信

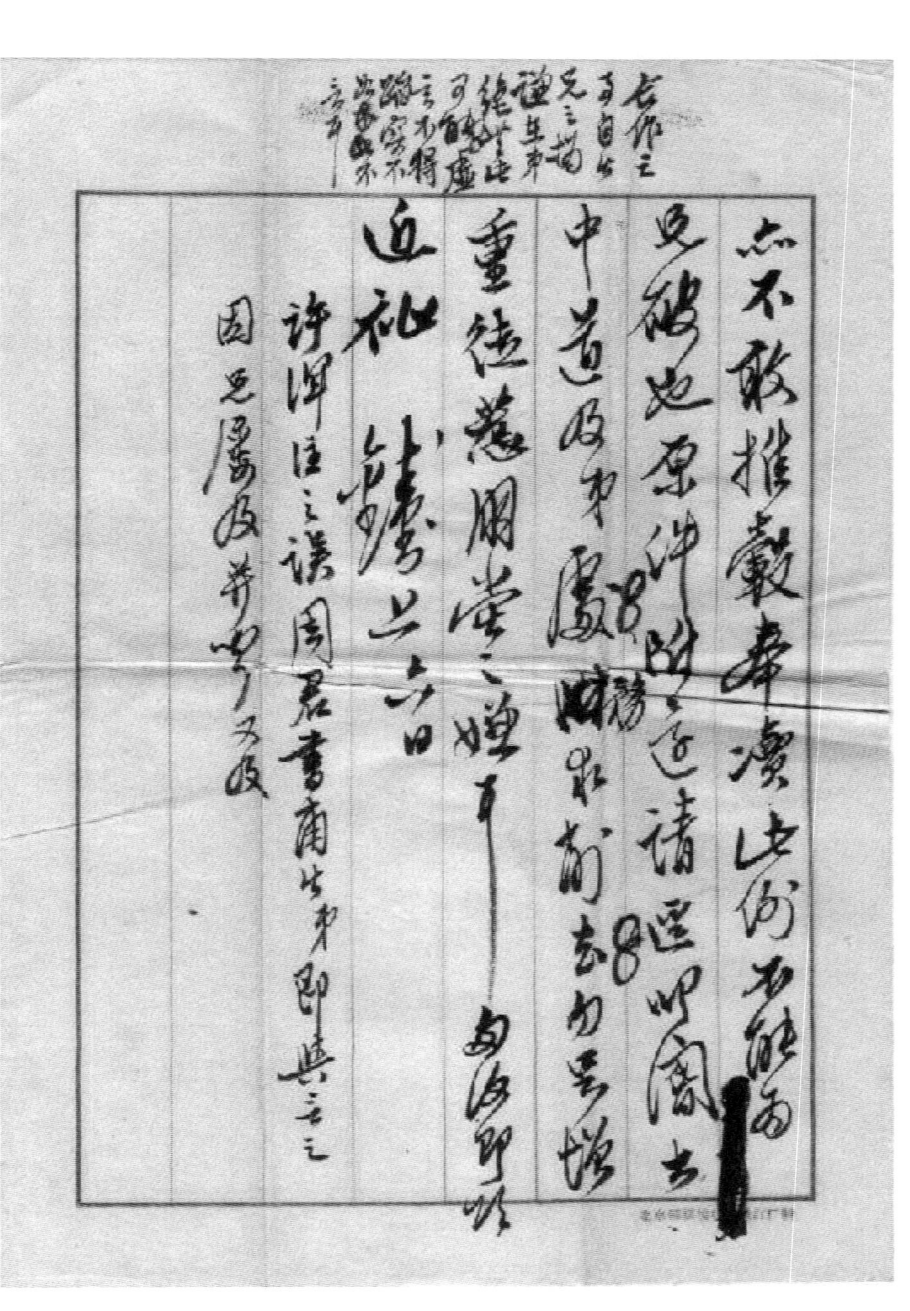

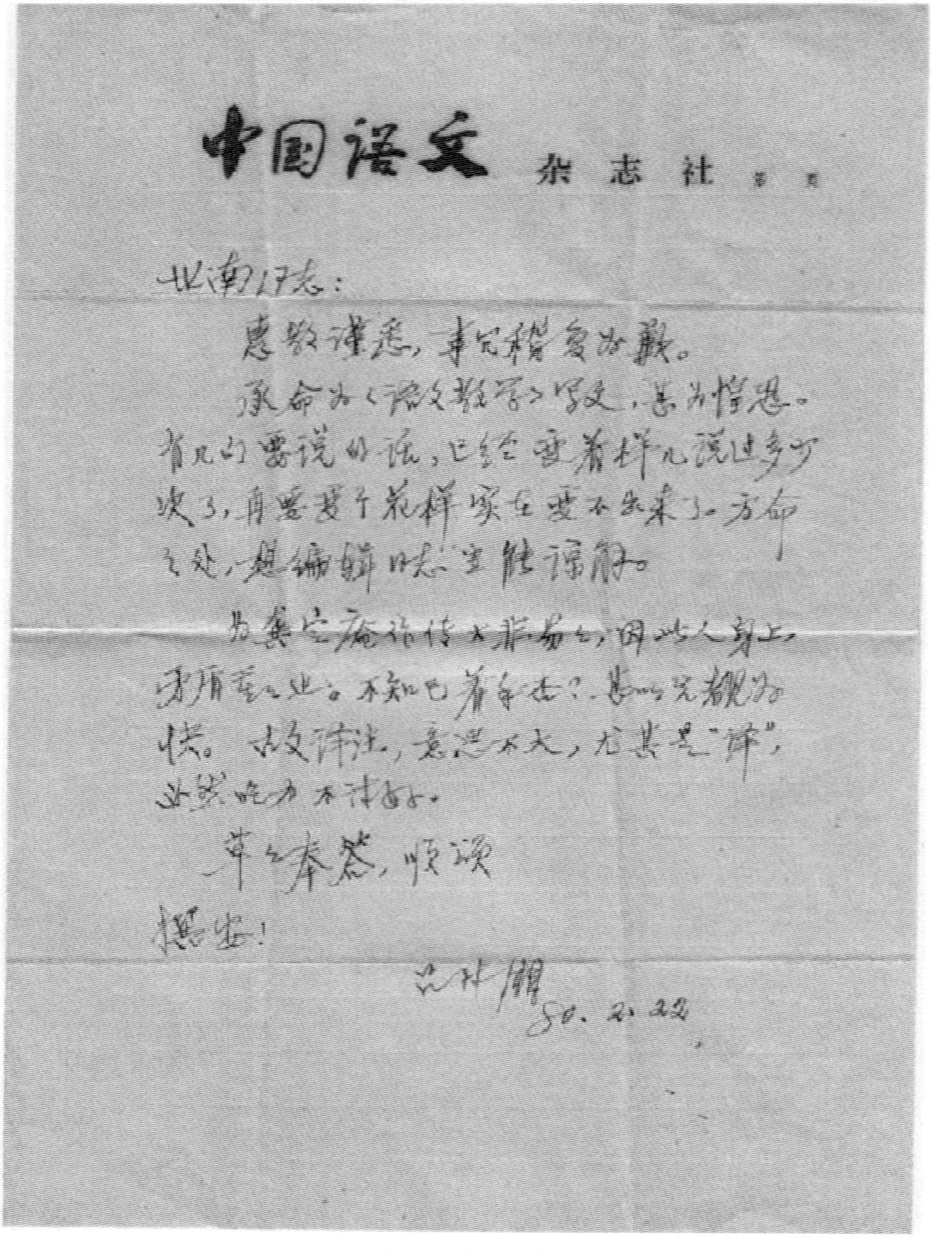

中国语文 杂志社

世南同志：

惠教谨悉，事冗稽复为歉。

承命为《语文教学》写文，甚为惶恐。有几句要说的话，已经变着样儿说过多少次了，再要变个花样实在变不出来了。方命之处，想编辑同志定能谅解。

为袁宏道作传大非易事，因此人身上矛盾重重也。不知已着手否？甚以先睹为快。拙文评注，意思不大，尤其是"评"，必然吃力不讨好。

草草奉答，顺颂

撰安！

吕叔湘

80.2.22

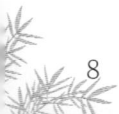

呂叔湘致作者書信

萧涤非致作者书信

**師友偶記：清史大師手札** 目錄

屈守元致作者書信

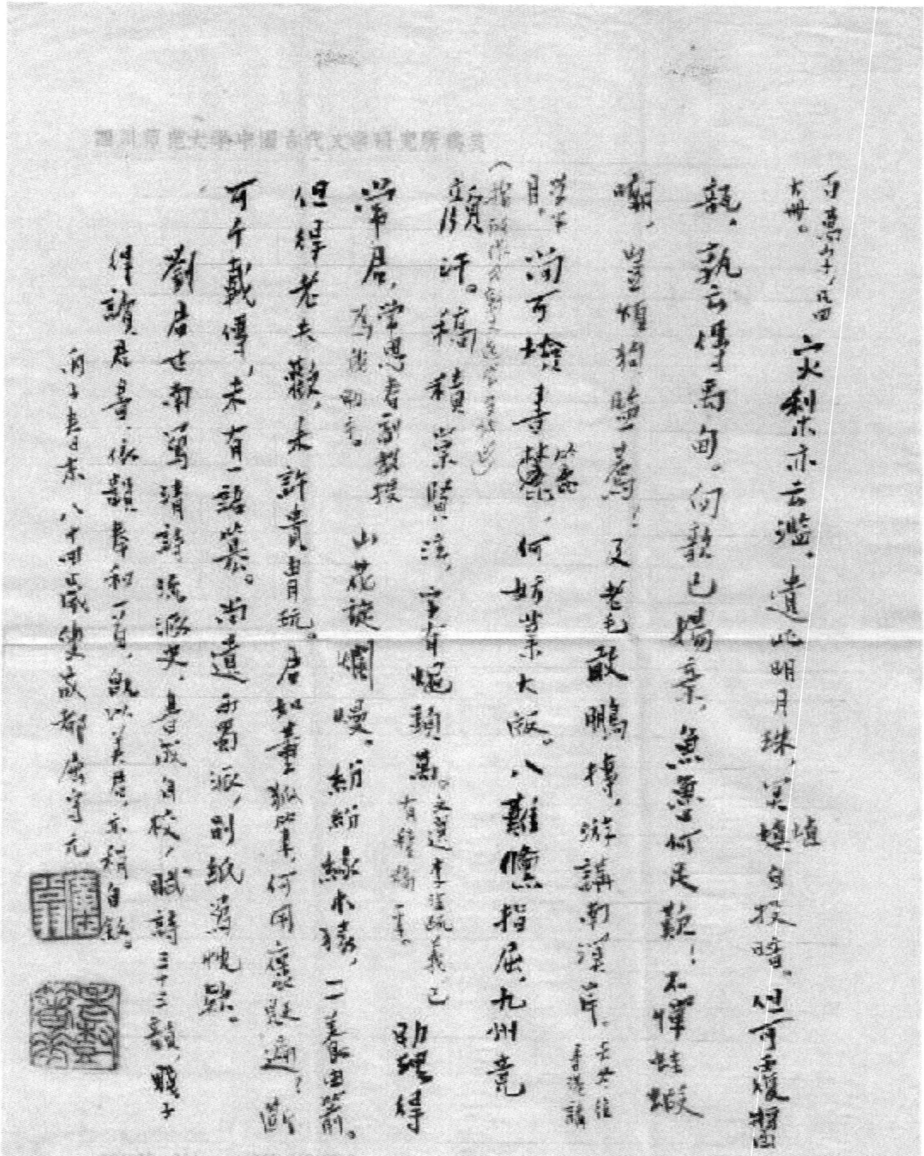

(手稿辨識有限，僅盡力轉錄)

百惠六十八誕日

宓剋來亦云濫，遺此明月珠，實難自抉擇，忽有書牘聲。
親，孰云停郵旬，何敢已燭業，無藥可是觀！不憚蛙蝦
嘲，豈煩狗監薦，又老屯敦鵬摶，辦講南漢岸（玉光健）（李遊講
學日，澗巧檢壽慧，何娉紫茉大阪，八舞腱指辰九州競
題汗稿積累賢達，（上述東瀛談義已）
當居常恵書副教授（寫送如意）
但得老夫歎未新責青玩，尚遣抃蜀派副紙寫愧歎
可千載傅，未有一語慕，尚如畫欣居，何用慮慰迎！斷
劉君世南寫清詩張溆笑，喜識自校，賦詩卅三韻贈予
伴讀君甚喜，依韻春和百首，飢以美詣示稍自娛。

丙子孟冬，八十叟歲德政都康守元

(印章二方)

**師友偶記：清史大師手札**　　前言

# 前言

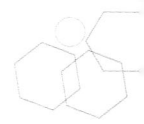

我曾經想寫一部《我和我所理解的知識人》，包括我所交往的自由派、新老左派、儒學派、永嘉學派。可旋寫旋輟，最後只寫成了《師友偶記》這樣一部書。

《一封信》是寫我的治學經過，像譚嗣同一樣，由舊學而新學，表白自己不是「為學術而學術」，而是「為人生而學術」。我的正式學歷，只讀到高一肄業，所以，本書所謂「師」，沒有一個是我受業的老師，他們實際是我的朋友。但其中不少人在我心目中是以師禮事之的。如張國功教授，年齡小我一半，但我稱之為思想啟蒙老師。近年我能廣見博聞，熟知現當代各種思潮，全靠他和他表弟吳鑫（蕭軼）不斷送新書給我看。

又如嚴凌君，他是我 1979 年在中文系教過的大學部學生，但他在中學執教時的種種教學活動，對我真算振聾發聵，他堪稱我的精神導師。設想我讀初、高中時，如遇到這樣一位語文老師，那我的思想境界該有多遼闊，多高遠！總之，我崇拜一切有先進思想的學人。學問造詣高，我欽佩，但內心未必師事之。如清初的閻若璩，大學者，我欽佩；但我崇拜的是顧炎武，他是有先進思想的大學者。

本書中有幾位在學術觀點上和我有分歧，甚至有過爭論。但「其爭也君子」，絕非意氣之爭，在我是「吾愛吾師，吾尤愛真理」。如劉夢芙兄，在「讀經」問題上，我們看法不同，但我一直稱他為「諍友」（《孝經》：「士有諍友，則身不陷於不義」），尤其佩服他堅持真理的勇氣，如對「二錢」（錢仲聯、錢鍾書），真正做到了「事師有犯而無隱」，絕不為浮議所惑。

這本書的性質，近似《國朝漢學師承記》，是學術性的，它可做現當代學術史、思想史的資料。

此書能出版，全出於郭丹、劉松來、張國功三位教授的大力相助。最使我驚喜的，是忘年之交的陳驤學弟。他是當代中國造詣甚高的詩詞作手，我

**師友偶記：清史大師手札**　　前言

們常在一起切磋詩藝。就在他來舍間談本書出版問題時，他隨手寫示一首近作：

　　乙末端陽前一日謁胡耀邦墓

　　水國山門車馬稀，蟬聲翠蓋自逶迤。

　　端陽草木尋常綠，哀郢謠歌春夏遲。

　　痛哭瘡痍待改革，憂勞赤縣尚支離。

　　便娟殷向遊人說，一角殘碑似黨旗。

　　他比我小了整整六十歲，今年才三十二歲。如此詩才，不第雅人深致，作《易》者憂患之心彌切，亦唯我喻之耳！另外，我還要深深感謝同住的李陶生學弟，他不但將本書手稿全部製成電子版，而且不斷糾正其中缺失，力求「毫髮無遺憾」。

　　劉世南記於大螺居

　　時年九十二歲

# 一封信

松來：

有幾件事想和你談談，所以，寫這封信。

（一）近年有四件事出乎我意外：

（1）《在學術殿堂外》2003年4月出版後，饒龍隼、廖可斌兩先生及郭丹學弟，分別邀我到杭州師院、浙江大學、福建師大和集美大學講學。

（2）陶文鵬先生看了《在學術殿堂外》，立即囑咐郭丹學弟寫對我的訪談錄，恰逢趙伯陶先生在《文藝研究》工作，他主動寫過對拙著《清詩流派史》的書評，對我非常瞭解，因此訪談錄得以順利刊出。

（3）《大螺居詩文存》2009年11月出版。

（4）柳春蕊、胡敕瑞兩先生邀請我到北京大學中文系講學。

以上幾件事，皆非始願所及。尤其北大之行，使我不勝危懼。我自知甚明，名已大過其實，真覺「高處不勝寒」。這些天，我只想到《易·謙》：「天道虧盈而益謙，地道變盈則流謙，鬼神害盈而福謙，人道惡盈而好謙。」揚雄《解嘲》：「高明之家，鬼瞰其室。」李奇注即引「鬼神害盈而福謙」。《左傳》昭七年正考父之銘：「一命而僂，再命而傴，三命而俯。循牆而走，亦莫余敢侮。於是，鬻於是，以糊余口。」劉畫《新論·誡盈》：「聖人知盛滿之難持，每居德而謙沖。」極盛之後難為繼，我將何以自保？虛名不是好事，我其實願無名，只希望有幾卷書能為中國文化添塊磚，加片瓦，於願已足。

（二）回顧平生為學，少時從先父背誦古書十二年，幸有此根底，始養成治學興趣。但先父只關心康（有為）梁（啟超）之學，我則除《新民叢報》、嚴（復）譯數種之外，受馬敘倫、楊樹達、王泗原諸先生的影響，自覺地鑽研樸學，尤其是「小學」。於段（玉裁）、王（筠）、桂（馥）、朱（駿聲）這「說文四大家」之書，細心研習，以至當時寫信給朋友，都用楷書小篆。高郵二王（念孫與引之父子）及正、續《清經解》之書，大量閱讀。──此我青少年時期治學重點。

## 師友偶記：清史大師手札　　一封信

　　與此同時，我又與馬一浮先生通信，研治哲學。轉而飽讀唯物史觀之書，如郭沫若、侯外廬、翦伯贊、呂振羽諸人的論著。我也讀呂思勉的書。更轉而研習馬、恩著作，以至列、史著作，當時把馬、列稱為卡爾、伊里奇。

　　這些革命書籍，是抗戰初期江西青年服務團（由復旦、大夏兩大學學生組成）在「皖南事變」後賣給陳啟昌老師的。我在解放戰爭初期，任教於陳老師創辦的私立至善補習學校（後改為中學），因而得以閱讀，也就因此參加了地下黨。

　　在研習樸學時，由於看到龔自珍委婉批評其座師王引之與其外祖父段玉裁治「小學」為「抱小」，我深受時代「左傾」思潮影響，故走出樸學的象牙之塔，踏上龔（自珍）、魏（源）、康（有為）、梁（啟超）以至馬、列的十字街頭。

　　所以，我的青壯年治學階段，實已走過考據、義理、辭章的「舊學」（譚嗣同所稱），而進入譚氏所謂「新學」，亦即後來五四時期陳獨秀、胡適所揭櫫的民主與科學。

　　我忽然發現，我和戴震、章炳麟竟不約而同。乾嘉樸學家中，只有戴震、焦循、汪中等寥寥數人最有思想。尤其是戴震，最後寫出了《原善》《孟子字義疏證》，遠遠超出考據學「雕蟲小技」範疇，而達到文化、思想、學術三史的範疇，實即哲學高度。章炳麟「將語言研究與哲學分析相勾連」，正如他《致國粹學報社書》所言：「以音韻訓詁為基，以周秦諸子為極，外亦兼講釋典。蓋學問以語言為本質，故音韻訓詁，其管龠也；以真理為歸宿，故周、秦諸子，其堂奧也。」我由「舊學」而「新學」，實質與戴、章二氏相同。而其所以如此，皆中國士大夫憂患意識使然。

　　（三）我對國學（經、史、子、集）只是浮光掠影，一知半解，但我心安理得。我當然佩服張舜徽先生的深入，但我不想那樣為學問而學問。這也是我反對某君一味研究文體發展史的原因，認為這也是一種「玩物喪志」。

　　我的「新學」，實以「舊學」軀殼，充以「新學」內容，近似李澤厚的「西體中用」。如《清詩流派史》追溯清代士大夫憎恨專制、接受西學，從而主

張民權。《大螺居詩文存》的詩皆追求民主者,文則反腐敗、反告密、反讀經、反學風浮躁、主張寬容、揭露暴政、反宮體文學、論民主,等等。

（四）張國功先生多次提出,要為我錄口述史。我開始不同意,理由有二:

（1）我已出版了《在學術殿堂外》一書,《文藝研究》已發表了郭丹學弟所寫對我的訪談錄,不必再有什麼口述史了。

（2）我一介書生,活得雖長,平生毫無驚人事跡,夠不上「口述歷史」的資格。

經過國功兄反覆勸說,又聽到你說現在青少年沉迷網路,根本不讀書。我想,物極必反,留下我的治學史實,也許將來不無參考意義。特別是想起魯迅和李澤厚都曾想寫中國近現代知識分子的長篇小說,而俱未果。

我也是反對為讀書而讀書,一向堅持為改良現實而研究學問、著書立說的,那麼,趁現在精力未衰,抓緊時間,儘量記下有關事實,應該也是對國家和人民做出的一點貢獻。

這就是我決定寫作這部《師友偶記》的原因。

你和郭丹是我帶的研究生中,思想最接近,關係最密切,學問上、生活上益我最多的。所以,我寫這信給你,並請轉給郭丹看。我自己是這樣治學的,可是限於當時客觀條件,形格勢阻,無法這樣教導你們以及下一屆的三位研究生。這是我最為內疚的。

……

世南

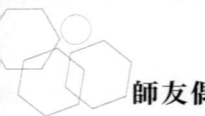# 師友偶記：清史大師手札　　程千帆

# 程千帆

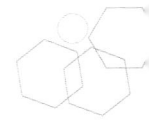

抗戰時期，不記得哪一年，在故鄉吉安市書鋪裡買到一本絳燕女士的《微波辭》。全是新詩，但辭藻清麗，想像奇特，有一句似乎是「讓風雨築成我們愛巢的四壁」，給我印象非常深刻，使我聯想到當年何其芳的一句詩：「你的手指觸摸處，每一寸光陰都變成黃金。」（大意如此）

但絳燕女士是誰，我一無所知，直到中華人民共和國成立後和程千帆先生接觸後，才知道是他的夫人，《涉江詞》的作者沈祖棻先生。中華人民共和國成立後，我看過這對賢伉儷合作的《古今詩選》，也看過程先生的《宋詩選》，很佩服。那時我正想給吳敬梓的《文木山房集》作注，有些典故不大明了，便寫信向執教於武漢大學的程先生求教。他很客氣，回信說，他也不瞭解，介紹我向四川大學的龐石帚先生求解。

後來「反右」鬥爭，程先生被打成「極右分子」，下放勞改，吃盡苦頭。一直到「文革」，在那人人自危的年代，雖則自顧不暇，我仍然關注著他們賢伉儷的消息。

「文革」後的 1979 年 9 月，我到江西師院中文系工作。同事中有一位鄉先生胡守仁教授，曾在武大和程先生同事。閒談時，他告訴我：「程千帆被打成『極右』，就因為他太狂，簡直目中無人。」聯繫到他勸我求教龐石帚一事，覺得程先生並不狂，真正有學問的人，他是非常尊敬的。

武大強迫他「自願退休」，南京大學匡亞明校長卻請他去當博士生導師。我想，他後來帶出一大批「程門弟子」，蔚為國器，一方面固然由於感謝匡校長之「以國士待我」，另一方面未必不是譏誚武大個別高層的「有眼無珠」。

1982 年 3 月 8 日，我赴南京參加增選古典文學作品座談會，12 日晚上特地去拜訪程先生。現錄當時日記如下：

1982 年 3 月 12 日，星期五，晴

……晚上至北京西路二號新村 4 棟 207 號訪程千帆先生，接談極洽。已七十矣，方患痔，近稍痊，晚食少許。二碩士研究生來，先生知余亦將指導

## 師友偶記：清史大師手札　　程千帆

研究生，因囑旁聽。程命兩生讀聞人倓《古詩箋》、高步瀛《唐宋詩舉要》，寫出補注二十條，欣賞筆記四十條。又告以書有雅俗之分：《佩文韻府》俗，《經籍籑詁》雅。

又囑勿買今人論文集，宜買古人全集。書宜自首至尾通讀。二生既出（程言二人往就德文求教於陶老師。陶為程昔年朋友，自沈祖棻先生罹車禍後，與程結合，助程指導其研究生之外語），與余續談。對余擬撰《文史縱橫談》，謂可如朱自清寫《經典常談》。余謂不欲因人熱，因舉郭預衡君談屈原愛國，孔、墨不然之說為例。

程謂如此則十五萬字只好寫詩一個內容。余曰：「書名可改。」先生頷之。對《清詩史》，則謂三五年不為功，當以八至十年完成之。即不成，亦可成《清詩論叢》以貽後人。余興辭時，贈以近作二篇，並手書以贈。

這是三十一年前的日記，幸虧留此鴻爪，具見名家風範。尤其可貴的是經過此番親炙，只覺先生善氣迎人，循循善誘，使我如沐春風。胡守仁先生說他狂傲，也許歷經坎坷，久已躁釋矜平了。

先生為黃侃（季剛）弟子，黃先生切戒讀「斷頭書」，故先生亦教弟子讀書宜自首至尾。至謂《佩文韻府》俗，《經籍籑詁》雅，此自清儒樸學（又稱實學）家法，治學必以通經為本。《佩文韻府》之類，不過供文人漁獵詞華之用，真正的學人是不屑一顧的。

記得朱東潤先生曾說，民國時期，一些新文學家如陳源（西瀅）、葉紹鈞執教武大，有時備課遇到某些典故，去查類書，即為章黃門人的教授所笑。西南聯大時期，劉文典之喝斥沈從文，亦出此種偏見。

其實各有所長，不必相輕。再說到了千帆先生這一輩，新舊文學都已兼擅，學術研究與文藝創作都是並行不悖的。但在具體指導研究生時，程先生還是謹守正軌，示以周行。

1980年，對毛澤東《給陳毅同志談詩的一封信》，我寫了一篇《關於宋詩的評價問題》，提出不同看法。發表前，先寄給千帆先生看。他回信說：

世南先生：惠書及尊著詩文，並已拜讀。我因多病，已無精力細為推敲，只能提出下列一點意見，請考慮。

（1）不必提及致陳信。

（2）將致陳信發表後學術界有關此問題文章都看一下，然後分別是非，加以討論。據我所知《武大學報》有蘇者聰文，上海《學術月刊》有楊廷福文，張志岳《詩詞論析續編》（黑龍江人民出版社近刊）有論宋詩文，《陝西師大學報》有霍松林文等。如此，可深入而不重複。

（3）寫成後，似可考慮寄給吉林《社會科學戰線》，聽說他們想組織一組研究宋代文學的文章。

（4）一切引文，最好詳細核對，逐一注明出處，書名，卷數，或頁數，不要用「×××語」之類，以表明確係原始材料，並非輾轉引錄。

尊稿謹奉還，敬希原諒。石帚先生久歸道山。知注並聞。

即頌

著安

程千帆頓首

12.8

程先生指導得很詳細，但我並沒有全部照他的話去做，仍然一開頭就提出毛致陳毅那封信，然後分四方面去分析。

我那篇文章發表在《江西師範學院學報》1981年第一期。發表後，程先生來了一封信：

世南先生：十一月賜書及放歌數章收到已久。弟自去秋即患中氣不足，血壓波動，時感昏眩，故於殷勤下問缺然久未報。囑寄亡室遺詞，年老昏忘，亦不知已寄奉否？如尚未收到，乞示知，以便奉呈請教。

先生所論宋詩各點，極有理致，閱報，似已為文刊於某雜誌，甚盼見賜，以便誦習也。

《微波辭》是亡室少作。石帚先生已去世多年。頃承齒及，不勝愴惻。

尊詩蒼勁斬截，似翁石洲，可喜也。

不能多寫，乞諒。專頌

著安！

程千帆頓首

1.16

我把此文複印了一份寄給程先生。

此文發表後，《人大複印資料》複印了；《文史知識》1983年第9期所刊劉乃昌《關於宋詩評價問題的討論綜述》一文，杭州大學《語文導報》1985年第12期所刊尚清《宋詩研究的最新發展》一文，都對我文加以評介。

可怪的是臺灣宋日希編《宋史研究論文與書籍目錄》（增訂本）第138頁也把此文收進去了。《中華文藝年鑑》（1982）「值得注意的新說」欄特別指出：「作者（引者注：指劉世南）明確地說毛澤東《給陳毅同志談詩的一封信》對宋詩的否定是不符合事實的，而那些在《信》影響下隨聲附和的，也是『一葉障目』。」

這裡補充一點那次在南京拜訪千帆先生的收穫。

那次程先生留下我旁聽他給研究生上課，受到很多啟發，概括一句話：對研究生的指導，主要是方法論的問題。課後，程先生和我談：帶先秦到南北朝這一段，

（一）開出打基礎的書目：經部（《易》《書》《詩》《禮記》《左傳》《說文解字》《爾雅》《論語》《孟子》）；子部（《老子》《莊子》《荀子》《韓非子》）；史部（《史記》《漢書》《後漢書》《三國志》《晉書》《南史》《北史》）；集部（《楚辭》《文選》《文心雕龍》鐘嶸《詩品》）。

（二）博覽部分。程先生剛提到《管錐編》，就有事打斷了。後來我向自己帶的研究生說明，上述打基礎的書，並非三年內就要讀完，只是研究先

秦到南北朝文學，必須以此為基礎。至於博覽部分，我是主張古今中外文史哲打通的。我說，過去西南聯大就重視三大溝通：文理溝通、中西溝通、古今溝通（《許淵沖：翻譯字後面的現實》，《出版人》2011年第9期）。

千帆先生帶出了一大批卓有建樹的研究生，都已擁有大名，而且據說程門弟子團結得非常好，這真可以告慰千帆先生在天之靈了。

**師友偶記：清史大師手札**　　吳小如

# 吳小如

今年（2013）7月12日，在江西省圖書館文學庫，發現了一本《莎齋閒覽——吳小如八十年後隨筆》。信手翻翻，碰到熟悉的名字，如檀作文，便翻來細讀。直到隨手翻到第289頁，《學術「量化」誤盡蒼生》，看到「劉世南」三字，不禁大吃一驚。仔細一讀，才知道是對拙作《救救青年，救救學術！》一文的反響。現先錄吳先生原文：

從《開卷》上拜讀劉世南先生的大文，十分欽佩，且深有同感。現在不少大專院校在學生獲取學位和教師評定職稱時，都要求當事人必須在某幾家所謂「核心」刊物上發表論文若干篇，否則前途大受影響。這裡面存在好幾個問題。

第一，這些所謂「核心」刊物，未必即是高水準、高等級的刊物，在那些刊物上面發表的文章，也未必都夠得上高水準（據說有人在某「核心」刊物上發表了文章，得到首肯，達到了預期的目的，結果發現那只是一篇通訊報導，並非學術論文，也就矇混過了關）。而某些非「核心」刊物，實際上它們發表的文章卻達到了國際學術水準的質量（恕不列舉刊物名稱，免招廣告炒作之嫌），但它們卻被當權者屏之、拒之於「核心」之外。這就存在一個名實並不相符的問題。

第二，所謂「核心」刊物，為數畢竟有限，投稿人為了功利主義目的，一味扁著腦袋希望在那裡發表文章，自然不免粥少僧多。這就十分可能產生用不正當手段進行不合理競爭的局面，其中難免出現「走後門」「託人情」之類的弊端。

第三，由於拿學位或晉升職稱硬性規定論文的篇數和每篇論文的字數，人們出於急功近利的目的，乃紛紛東拼西湊，以次充好，以劣充優，甚至不顧學術道德和職業道德，不惜攫掠他人成果以充自己門面，只求篇數、字數過關，不問內容有無價值。最終結果，便如當前輿論所形容的：教授多如牛毛，「博導」一駁就倒；學校年年擴招，而廢品充斥社會。

## 師友偶記：清史大師手札　　吳小如

　　要想使學術界純化、淨化，實現國家早就提出的「尊重知識，尊重人才」的號召，那就必須改革教育體制，改變培養人才的方式方法，廢除學術上「量化」現象而真正做到重質不重量，把偽學術、偽科學、文化泡沫、文化垃圾徹底滌盪乾淨。

　　引起吳老重視的拙作，是一篇散文，題為《救救青年，救救學術！》，發表在《開卷》上。現抄錄如下：

　　拙作《在學術殿堂外》（以下簡稱《外》），今年四月在出版後，九月中旬，我先在江西師範大學文學院，作了一次學術報告。

　　開宗明義，我就引南京大學董健先生《失魂的大學》中的一段話：「搞教學、做研究、寫論文，只不過是為了拿學位、上職稱。而拿學位、上職稱又是為了很實在、很功利的目的——或謀官位，或尋商機，至於對學問本身並沒有什麼興趣和熱情，更談不上前輩學者那種『衣帶漸寬終不悔，為伊消得人憔悴』的痴迷忘我的精神了。等而下之者，便是包裝炒作、欺世盜名、抄襲剽竊，等等。——這就是學人失魂，大學失魂。」

　　引了董健先生這段話後，我簡括《外》的主要精神：「勿以學術徇利祿。」我痛陳當前種種學風腐敗的現象，認為其關鍵就在於「以利祿勸儒術」，結果必然是「以儒術殉利祿」（章學誠《文史通義·原學下》）。

　　當時整個大教室裡，反響熱烈。

　　十月中旬，承杭州師範學院和浙江大學兩校的人文學院邀請去講學。十一月中旬，福建師大和集美大學兩校的文學院和師院中文系也向我發出邀請。

　　在上述四校，我在講學時，著重指出：

　　（一）勿以學術徇利祿（這也是拙著《外》第一章的標題）。我引諸葛亮《誡子書》所言：「夫學須靜也，才須學也。非學無以廣才，非靜無以成學。」我說，這「靜」，不但指環境幽靜，更主要的是指內心寧靜，不讓名利干擾。這也就是古希臘哲人所言：「閒暇出智慧。」我引拙著《外》原文，明確表示反對把學術成果和職稱、工資、住房等掛鉤。我念江蘇省社科院文學所原

所長蕭相愷給我的信（他是我的學生，讀了拙著《外》後給我來信）：「學術體制催生學術腐敗、學術浮躁，各種考核逼得人『短、頻、快』地製造學術垃圾；研究生在參加答辯前，得在核心期刊發兩篇學術論文；每個研究人員，每年得在核心期刊發表若干篇論文，否則考核下來便是不及格。一切都量化。為了應付，他們還能怎麼辦？哪還有時間讀書？有些研究人員說，按照這種考核方法，錢鍾書先生也可能連續幾年不及格。而連續三年不合格就得解聘。不很有點『驅良為娼』的味道？」聽者無不動容，唏噓感嘆。

（二）我強調：人文社會科學工作者，如果著書寫論文，需要引經據典，那就必須打好紮實的國學根底，以免郢書燕說，貽誤後生。但我強調指出，我反對小學生普遍讀經。我說，中國現在急需現代化，而傳統文化絕不可能生產出現代化來。我說，袁世凱、何鍵提倡讀經是為了愚民，我們今天為什麼要從「五四」倒退？

（三）關於著書立說。我引李慎之先生的話：著書必須有政治大方向：是贊成民主與科學，還是贊成專制主義？由此可見其學術研究有無現代精神。我強調指出，現代化的核心是民主化。

我在上述四校發表這些意見時，聽眾都報以熱烈的掌聲。前三校的聽眾，全是碩士生、博士生、博士後、外國留學生，以及有關的老師。集美大學全是大學生，這些年輕人更是熱情洋溢，不斷遞紙條和我交流，使我十分感動。

我從廈門一回到南昌，就得到浙大朱則杰教授的來信。其中有一段說，就在我在浙大講學「以後沒幾天，聽說林（家驪）先生有一位博士生瘋掉了，可能是博士階段硬要在某級刊物發表多少文章壓力太大，不堪重負，以致如此。想來當今讀研究生也真不容易。此等不合理規定，亦賴先生在《在學術殿堂外》續編予以指出才好，庶幾可以改變它」。

我看了這段話，簡直錯愕莫名，氣憤不已，眼前不斷浮現出當時浙大人文學院會議室裡濟濟一堂的聽眾形象。我不知瘋者是誰，但可以肯定他當時一定在座，因為他的導師林家驪教授就坐在我左邊，而且送了我一張名片。我記得，講學結束後，廖可冰副院長還請朱則杰教授帶了兩位博士生、兩位碩士生陪我去參觀原杭州大學的校園。當時這四位年輕人非常熱情地和我交

## 師友偶記：清史大師手札　　吳小如

談，彼此交換通信地址、電話號碼。他們還寫了各自的籍貫、學歷給我，希望和我以後保持聯繫。有一位說：「我早就讀過您的文章，充滿激情，一直以為您很年輕，想不到是八十歲的老先生呀！」

我不知道現在瘋了的到底是誰，是這四人中的一個，還是他們以外的。但是，可以肯定，有一個博士生是瘋了！——想到這裡，我潸然淚下。我呼籲，以一個八十歲老教師的身份呼籲：救救青年，救救學術！

寫完上文，看到《書屋》上所刊何中華先生的《學術的尷尬》一文，對學術成果量化做法的來歷及弊端，論述得十分全面、深刻。希望更多的人起來大聲疾呼，改變這種不合理的措施。

我沒想到當年的呼籲，竟得到了小如先生桴鼓之應。更沒想到從2004年到現在2013年，十年了，我才聽到這寶貴的反響。

可以告慰吳先生的，是我一生實踐了「不以學術徇利祿」的諾言。請看以下一篇短文：

不以學術徇利祿

我1923年出生，今年（2010）八十八歲了，可仍然天天坐校圖書館，又讀又寫，從沒閒過一天。我認為退休生活的這二十一年，才是我最幸福的時期，因為我可以一心一意研究學問，著書立說。

學術研究，是我主要的生活內容，也是我的生命價值。我從事科學研究，不是為了職稱、獎金，以及其他福利，而是為了自己是知識分子。知識分子的天職就是繼承和發展知識，以服務於國家、民族和人類。這就是我為什麼越老越意氣風發、鬥志昂揚的緣故。

今年7月4日上午，我應邀參加北京大學「知行合一」論壇，作為VIP，因為我最老，坐在主席台正中，左邊是北大周其鳳校長、南開大學陳洪副校長；右邊是樂黛雲先生和北大中文系漆永祥副主任。面對著台下幾百位來賓，我自我介紹：「我是北師大啟功先生說的『高中生，副教授』。」

我之所以要這樣說，是因為要說明，儘管我只是高一肄業，但是由於堅持自學，又碰到好機會，老學生汪木蘭、周劭馨等推薦我成了大學老師。那我為什麼只是副教授呢？那是因為我不以學術徇利祿。

在這裡，我要特別談談這個問題。

我可以斷言，用利祿來對待學術，只會扼殺學術，而不會發展學術。這些年來，學術界為什麼這樣腐敗，原因就在這裡。學術研究如蠶吐絲，蜂釀蜜，怎能規定每年要發幾篇論文到核心期刊上，一年要出幾本專題？這是急功近利，揠苗助長，徒然造成弄虛作假的風氣。這樣搞下去，錢學森發問之謎永遠也解決不了。

我早就看透了這一點，所以，我只走自己的路。事實怎麼樣？我不求名，而名自至。比方《文藝研究》，那是一級刊物，《文學遺產》主編陶文鵬先生卻請郭丹教授寫我的訪談錄發表在這刊物上。我並不認識陶先生，他是因為看了我在《在學術殿堂外》中批評了他的導師吳世昌先生，認為批評得對，所以主張把我推介出來，讓中國內外學術界知道中國還是有踏實做學問的人。

我講這些，用意在奉勸知識分子：不要去追求浮名浮利，更不要去弄虛作假。工資少一點，住房小一點，物質生活清苦一點，那有什麼關係？我精神生活充實，仰不愧於天，俯不怍於人，不好麼？何苦搞學術腐敗，即使尚未被揭露，也是提心吊膽，惶恐不安；一旦東窗事發，幾乎被唾罵得置身無地，壽都要短幾年，何苦啊！

我在北大中文系為研究生講學時，以及次日在「知行合一」論壇致辭時，都特別提到，希望北大繼承並發揚蔡元培和胡適的辦學精神。最近《南方週末》刊出易中天、王曉明等學人的《教授的〈圍城〉》，從反面論證了違背蔡、胡的辦學精神，必然產生錢學森之問。

我還是堅持自己的座右銘「High thinking, plain life.」（高尚的思想，平淡的生活）。

## 師友偶記：清史大師手札　　吳小如

　　這篇文章本是省內一家刊物《老友》徵稿，江西師大離退辦請我寫的，後來不便發表，就刊在離退辦自辦的《學術與健康》上。這樣更好，等於我向師大離退休教工們表了一個態：我決不以學術徇利祿。

　　可惜我直到2013年才發現吳老那篇熱烈支持我的文章，否則2010年那次去北大，一定會去拜訪吳老。

　　雖然他現在因病不能再讀與寫了，但我們的心是相通的。我會請檀作文先生把這篇文章的內容告訴他。

　　更可告慰他的，是最近《中國青年報》，刊布了廈大謝泳教授的《「課題至上」可能毀了文史哲研究》一文。此文給了我很大的鼓勵。他說：「今天好的人文研究，多數不是『課題至上』結果下的產物，而是民間自發的學術研究。每到年底，我們看看各大書店受到讀者歡迎的學術著作，有幾種是『課題至上』的成績？」因為「文史哲研究有自身的學術特點，也有自身的學術尊嚴」，「有尊嚴的學人，要自覺保持清醒，在舉世皆濁的環境中，有一點我獨醒的意識」。

　　我可以自豪地說，自到江西師大中文系（文學院）工作以來，我出版了十幾種書，沒有申請過一分錢的科學研究經費。可是我的《清詩流派史》被作為經典著作推出。

　　我並非無自知之明，人稱「經典」，我就真以為「經典」。是否經典，得讓時間證明。我已說過，蔣寅將遠遠超過我。但可以問心無愧的是，我是遵循李慎之所說「政治大方向」來著書立說的。「自我肺腑出，未嘗隻字纂。」

　　在這一點上，我和吳小如先生也是有同心的。


　　以上是去年8月2日寫的，曾寄首都師大檀作文先生轉呈，因為聽說吳老已臥床不起，便請檀先生讀給他聽。據檀先生電告，吳老聽了，非常感謝。誰知今年，他就永遠離開了我們！千言萬語，無法表達我的哀慟。

　　願吳老永遠活在後世人的心中！

# 董健

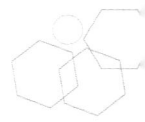

我本對董健先生一無所知。某日,偶然在校圖書館樣本書庫的新書架上,看到他的一本《跬步齋讀思錄》,隨意翻著,翻到一篇《失魂的大學》,認真讀後,覺得跟我在《在學術殿堂外》所表達的意見完全一樣,真像當年蘇軾初讀《莊子》,嘆曰:「吾昔有見,口未能言,今見是書,得吾心矣!」(《宋史》本傳)當然,我並非「口未能言」,而是已經筆之於書了。所以,我看董先生此文,確有跫然足音之喜,深幸吾道不孤,覺得彼此真如笙磬同音,桴鼓相應。

特別是看到他當了南京大學五年副校長後,不願從學者變成官僚,堅決擺脫,這是一種什麼樣的思想境界!報刊上屢見呼籲大學「去行政化」,說是四五個教授爭當一個處長。比起董先生,其思想境界的高低,簡直不可以道理計啊!所以,2009年元月26日(牛年正月初一),我在《贈周蔥秀教授》一詩中說:「富貴浮雲見董周(南京大學前副校長董健,任職五年,終辭去;周君亦終辭井岡山學院院長不為),雙峰並峙俯群流。」

於是,我把拙著《在學術殿堂外》寄了一本給他。

他很快給我寄了一本《跬步齋讀思錄》來,扉頁上寫著:

世南先生:

大著收到,十分感謝!我對大學的一些看法得到您的認同,亦給我不小的鼓勵。大學教師今天大都已麻木,您的態度使我得到安慰。為表謝意,寄上拙著小冊子一本,望笑納。

此上,即頌

著祺!

董健

我立即回信:

董健先生:

## 師友偶記：清史大師手札　　董健

　　收到惠寄大著，十分高興！我雖已進入八十一歲（十月十五日是我的生日），血熱仍如青年。平時固然常翻古書，而更關心的卻是時賢的論著。在我心目中，今人我最尊敬顧準、李慎之等思想家。日常愛看的是《隨筆》《讀書》（儘管我不喜新左派）、《戰略與管理》……

　　很多好刊物校、院圖書館都沒訂，看不到，很焦急。您交遊廣，務請介紹一些好刊物、好著作給我，我一定要找來看。我認為秦暉、劉軍寧等人有思想，可沒全面瞭解他們有哪些著作，您能介紹一下嗎？當然，不止他們兩個。我是佩服您的，因為您能敝屣官職。單憑這點，您就迥出時流之上。

　　前幾天（9月26日）我給本校文史兩系的研究生講了一次「治學的目的與方法」，開頭就引您的《失魂的大學》中的兩段話。我著重談怎樣著書立說問題，猛烈抨擊剽竊現象，以及其他學術腐敗現象，要求年輕人勿以學術徇利祿，一定要一主兩翼。一主即獨立思考，兩翼一為打下堅實的功底（《在學術殿堂外》第七章以高翔的《近代的初曙——18世紀中國觀念變遷與社會發展》為反面例證），另一為培養理性思維能力。當時反映很熱烈，但事後卻「曲高和寡」，認為無法實踐。

　　我雖然公開宣稱，現在大學這樣硬性規定論文和專題的數量、發表刊物的等級，把這些跟評職稱晉升等名利掛鉤，實在是扼殺學術。但是老師學生都反映，「人在屋簷下，誰敢不低頭」，於是粗製濫造、弄虛作假等現象層出不窮，愈演愈烈。我曾與好友私下談過：這比始皇焚坑、明太祖專考八股，對讀書人的摧殘更嚴重。

　　《國朝漢學師承記》裡大小學者，很多人用八股文作敲門磚，獲得功名以後，才真正專心治學。而現在這樣，逼得在編教師只能繼續以學術徇利祿。試問，除了生產學術垃圾和文化泡沫，還有什麼？這和發展學術完全相悖。

　　十月十三日，我將到浙大人文學院與研究生座談，十四日與杭州師院古典文學教師座談。十一月上旬還要到福建師大去講。這幾處都有些人看了我的《殿堂外》，所以邀我去。我仍將引用您的話去發揮，去呼號。這種時候，我常想到梁啟超兩句詩：「十年以後當思我，舉國如狂欲語誰。」

再告訴您一件事：吳江，《實踐是檢驗真理的唯一標準》一文的定稿者，他最近給南昌市一位朋友寫信，竟提到我：「聽說江西師範學院有位劉時南先生，熟讀四書五經，不知你認識否？為學要多交朋友，互相切磋辯難。」真怪！這位大秀才怎麼會知道我？從信看，把「師大」錯成「師院」，「世南」錯成「時南」，可見是道聽途說。從下文看，似乎認為我這人還可結交。這不怪嗎？吳老的書和單篇文字我都看過，可仍然捉摸不清他的思想。

何況我雖然背誦了十二年線裝書，一輩子也不停地批閱古書，然而我卻絕對反對今日的「兒童讀經」。我一生追求民主與科學，他真能和我同調嗎？

就談這些，您如事忙，可簡單回我幾個字——我是以您作真正的導師的。

High thinking, plain life 是我的座右銘。

順頌

秋祺！

劉世南

得書後即回。

請認真看完我的《殿堂外》，這樣，你就會真正瞭解我。

半個月後，得到他的回信：

世南先生：

九月三十日大函拜悉。《殿堂外》已讀了一半。昨天參加全國科協京寧調查學風問題的座談會，我推薦此書，被他們拿走。說是要歸還的，只是不知何時歸還。當即叫學生去書店買，未買到。先生提到的秦暉、劉軍寧，此二人不在國內。但前天秦暉從美國回來，路過南京，吃飯時我說：「江西有一個十分博學的劉世南先生在信中提起你，很看重你。」他夫婦頗受鼓舞。您的《殿堂外》如還有，不妨寄一本給他，算是建立聯繫吧。最近他在國內地址（世南按：從略）。

## 師友偶記：清史大師手札　　董健

我覺得目前國內國學功底強於先生者恐難尋。能背十三經，固然難能可貴，但還不是最可貴的。最可佩的是先生雖熟知四書五經，而思想觀念卻甚新，對時代脈搏的感受是那樣的敏銳。我有一個看法不知對否：如果在精神上「乏力」，肚裡的書只是垃圾；但如果精神上有力，連垃圾也會化為寶。

那天吃飯時，我提到您尊敬顧準、李慎之，又認為秦暉等有思想，可您本人是研究古典文學的，在座者無不驚喜而感嘆。我所知的一些老先生，也很有學問，但對現實問題的看法卻十分迂腐可笑。

您看我的隨筆集即可知，我是中華人民共和國建國後上大學的，一砣現行教育制度煮成的「半熟飯」。「文革」後想補課已不可能。現在大學裡作「骨幹」「帶頭人」的，大多是我這樣的「半熟飯」，有的還不如我。中國教育遭受的破壞太嚴重，中華民族將長期為此付出代價！

我從十月二十日起將外出，先上海，後北京，大抵十一月中旬才會回到南京。知您講學大概差不多也回到南昌了。匆匆寫上幾句，以後再聯繫。

祝

身健筆亦健

董健頓首

我回信如下：

董健先生：

重新寄給您的那本《殿堂外》，您收到了嗎？我從杭州回來後，最近又將至福建。本想福建回來後，靜下心來，再給您寫信。昨天偶然在系資料室借到一本葛曉音的《唐詩宋詞十五講》，翻開一看，原來是「大學素質教育通識課系列教材」之一，而您便是編審委員會的委員之一。恰好同時借到Remember，林賢治等主編的，第二冊。看了利季婭的《索菲婭·彼得羅夫那》，藍英年譯的。又看《利季婭被開除出作家協會》，也是藍譯。

看著這兩篇，我想起王國維引述尼采的話：「世間之書，余嗜以血寫成者。」請看利季婭如下一段文章：「我想一個螺絲一個螺絲地研究這架機器

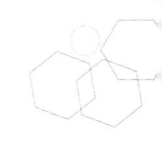

如何把充滿活力精力的活生生的人變成冷冰冰的一個屍體。必須對這架機器做出判決，並大聲喊出。又不能銷帳，在上面心安理得地打上『清帳』，而要解開其原因和後果的線團，嚴肅認真地一環扣一環地加以分析……千百萬農民被劃入『富農』或『準富農』一欄，被驅趕到荒無人煙的北方，驅向死亡。千百萬城市居民被劃入『間諜、破壞分子和人民敵人』一欄，被關進監獄或勞改營，整個民族被指責為叛徒，從他們祖居地驅趕到異邦。是什麼把我們引入前所未有的災難，國家機器為何撲向毫無還手之力的人呢……這樣的事是何時發生的……（研究它們）這是今天主要的工作，並且是刻不容緩的工作。應當號召人民，勇敢地反思過去，認識過去，那時未來的道路才會清晰。如果我們工作做得及時，今天便不會審判言論了。」這是1968年史達林逝世十五週年之際寫的，可在蘇聯還是不能發表。但文章不脛而走，很快流傳到國外。

利季婭的膽識是驚人的，正如藍英年所說：「中國同樣沒有『在這裡在那時』真實地寫『反右』、寫『大躍進』和寫『文革』的作品。大家都嚇破了膽。」

我，八十歲的人，年輕時那樣的狂熱，拚命追求，為什麼收穫的卻是「紅色高棉」「北朝鮮」的暗無天日、慘絕人寰？

這些天，我在看 The Ends of History and the Last Man 中譯本。自由民主制度自然優於極權主義，儘管它的剝削、壓迫不合理，但正如羅斯福新政所揭櫫的「免於匱乏的自由，免於恐懼的自由」。而這些，只有真正的民主才能實現。

高明如先生，人類社會前行的道路到底怎麼走？中國的前途是什麼？我希望聽聽您的意見。

學術研究的目的只有一個：對人類現實的終極關懷。我研究古典文學，從來有個明確的目的：剖析古代士大夫的心靈史，看他們怎樣輾轉在專制的屠刀下和精神的枷鎖中，逐漸清醒，走向人民，把改革現實的希望由上瞻變為平視。

師友偶記：清史大師手札　　董健

我其實更愛好的是思想史、文化史的研究。即祝

秋祺

劉世南

發此信後，因得浙大人文學院朱則杰教授函，提到林家驪博導的一位博士生瘋了，我寫了一篇短文《救救青年，救救學術！》寄給董先生。他的回信如下：

世南先生：

大函、詩作及短文一篇均收悉。最近我要到韓國去一趟，辦簽證等事，頗為忙亂，沒有及時給回信。江蘇有一小刊物辦得頗有品格，很得國內學界看重。這個小刊物叫《開卷》。我已將您的短文推薦給他們發表。我還準備寫一短文推薦《在學術殿堂外》。另外，您的短文，我還想叫我的學生把他上網以擴大影響。

吳江其人，據我瞭解，也是屬於思想解放一派的，與之交，不會有什麼問題。

慎之去世時，我本想寫點東西，當時正雜事纏身，沒寫成。我的輓聯，他女兒請人寫成大字掛在靈堂，聽說某「當權派」看了，頗不快。與慎之飯席上所言查良鏞事，福建朋友沒有傳錯，是那麼回事，好笑！

新年在即，祝您全家新年愉快，合家幸福！

董健頓首

一直到次年3月17日，我才給他去信：

董健先生：

不知已從韓國回來沒有，我每天忙著注釋《清文選》，也沒有函候。今因收到大陸版的《清詩流派史》，趁寄贈拙著之便，寫幾句話。

昨夜給袁偉時先生寫了一信，現複印一份寄您。要講的話都在上面，想聽聽您的指導。

《開卷》及時收到,謝謝!

蕭相愷來信說,他也認識您。蕭為人還是耿直的,可以深交。秦暉先生近況如何?遵囑曾寄一本《殿堂外》給他,迄未得其覆書,不知收到沒有。便中乞為代候。看了《殿堂外》,再看《流派史》,該能多瞭解一點我的微言。

《廣角鏡》曾談到「曹破產」和吳敬璉各自舉行了一次民間修憲討論會,許多觀點不為當道所喜,這很自然。吳江老久未來信,我曾作一文言文為他祝壽,亦無回音,不知是否病了?現也複印一份寄您,也想聽聽您的意見。

希望您介紹幾種好的刊物給我。

劉世南

附致袁偉時先生函:

偉時兄:

承頒大著《帝國落日:晚清大變局》,一收到,立刻細讀。早已讀完,有許多話要和您說,無奈應約為出版社選注一本《清文選》,竟定不下心來對您一傾積愫。現在收到該社寄來的《清詩流派史》樣書,趁此寄書之便,一定要吐吐心聲。

最近讀了《中國農民調查》,更堅定了我的信念。

我看您的《帝國落日》,全是借古諷今,而且新見迭出,我每每在快心處批注。

中國青年,就我接觸到的大學和研究生而言,完全不像我們年輕時一片愛國心。他們現在只注重個人私利,至於國家、民族、人類前途,全不放在心裡,這怎麼得了!我以為,一是沒有培養人民的民主素質,一是使青年(尤其是大學生)都成為鼠目寸光的人,這是最可怕的事!

我已八十一,仍然渴望中國能富強,國家早日實現民主與法治。

並祝大安

劉世南

## 師友偶記：清史大師手札　　董健

附《吳江先生頌》：

余既盥誦吳老《十年的路》，三日而畢矣，憶兒時讀《顏氏家訓》有云：「吾每讀聖賢書，未嘗不肅然敬對之。」吾於吳老是書亦然。於乎！持論明通，寫心宛轉，盛矣烈矣，蔑以加矣！

自成童時，東夷侵軼，余始有憂國之志。稍長，讀艾思奇《大眾哲學》，而知卡爾、伊里奇之書，以為救亡興國且致斯世於太平者胥賴於是，遂如河之始決，川之始下，一發而不可收，孜孜以求之，以為民主政治之實現可指日而待也。

吾讀吳老書而敬其為人，尤冀其能詔我以既有自由又有平等之路。是路也，吾十三億同胞所嚮往之神聖大道也。我江右小儒，佝瞀無似，乃見知於吳老，則以王春瑜先生為之介。而吳老罔識其愚，欲求方聞，乃如顏子之以能問於不能。於乎！吾何幸而得此於並世大賢哉！

吳老今已八十晉七，仁者必得其壽，固無俟下走獻曝言以為華嵩之祝。而吾所以為此文以為永錫難老之頌者，匪唯一己之私，乃為中國公民馨香以祝吳老：鴻文博學，如衛武公之享遐齡，益為中國人導夫先路，以造福於我神明華胄也。

江西師大東區大螺居

這次隔了三個月才回信：

世南先生：

三月來信早已收悉，總想找個機會放開來說一些事，所以回信就一拖再拖。韓國回來後，就忙於學校雜務，加之有兩本教材要出版，被出版社盯住，難以抽空坐下來與您談心。看了您給偉時兄的信，我便視之如給我的信，感到親切、心心相印。現在不說社會腐敗，大學的腐敗更遠在我們的憂慮之上了。

所賜大作未能細讀，只翻了幾節，覺得論舊詩而立意卻新。特別是能引到年輕人朱曉進的話，叫我吃驚。──一般論古典文學者是不會知道小朱的，

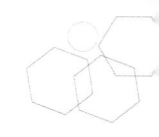

連南大、南師大的古典教師也不引小朱。這就是您的可貴之處。您是古典領域裡的「另類」。我敢放言,中國古典文學研究,如果不多出一些您這樣的「另類」——政治敏銳,思想求新,是不會有大出息的。

暑假已近,先生有什麼計劃?我本想抽空讀點書,但又有一個計劃誘惑太大——6月23日將赴希臘參加戲劇節,順便遊歐,大致7月中旬才能回來。我想,再不給您寫信,又不知拖多久。所以先說這麼幾句,以後再聯繫吧!

此上,即頌

夏祺

董健

秦暉我也久無聯繫,可能在國外。又及。

因為《文匯讀書週報》今年(2004)7月2日發了張國功先生的《治學重在打基礎——讀〈在學術殿堂外〉》;葛雲波先生又在7月15日《光明日報》上發了《清詩研究的「經典性成果」》,其中提到王曉明先生的《思想與文學之間》,而這套「雞鳴叢書」是董健先生主編的,我便寫信向他索取。他回信如下:

世南先生:

您好!

7月18日信拜悉。去希臘一週多,收穫並不大。我不喜歡旅遊,想看看希臘悲喜劇原汁原味的演出,但演出被現代化了。現在學術會議都被旅遊沖淡,也是「後現代」的,所謂「世俗化」之一,很難叫人滿意。但有些真正的現代國家(美、英等),學術會議還是認真的。我寫教育之文,已發在《鐘山》今年第四期,請指正。

您要的「雞鳴叢書」,我這裡不全。寄上幾本供參考,也請指正。一本《戲劇藝術十五講》,是老教材,也給您看看,請多批評。

此上,即頌

# 師友偶記：清史大師手札　　董健

夏祺！

董健

《光明日報》文已閱，評閣下大作頗好。惜《文匯讀書週報》文未讀到。

又及。

給我意外驚喜的，是 2005 年 8 月 22 日，董先生來南昌，參加全國戲劇研究會。次日上午，他偕夫人華先生，由其老友南昌大學張教授陪同，到我家來敘談。由九點半談到十一點，才一道去參加午宴。

當時的日記是這樣記的：

（1）看完我《從〈述學〉的標點談到讀經》一文，他表示完全同意。

（2）我請華先生看《從襲人告密說開去》一文。此文不僅諷刺舒蕪，也抨擊一切告密行為。

（3）香港的一個刊物，前些時候將南京一次大款宴會上董的發言（記者加上他人的話）與照片一齊刊出，引起注意。

董今年（2005）六十九歲，學生已為其做七十大壽。

董是山東壽光人，華是江蘇江陰人。1991 年華曾到阿根廷教漢語及中國文化課。不幸摔傷，至今未痊癒。董告訴我說，華在南大教西班牙語。

自那次會面後，彼此都忙，沒再聯繫。現在是 2014 年，董先生也已七十八歲，我則九十二歲。「海內存知己，天涯若比鄰。」我們永遠是心心相印的。

# 張國功

大家尊敬而親切地稱他「國功兄」。九十歲的我，也從眾這樣稱呼他，儘管他比我小將近五十歲。

2003年，他在出版社工作。那時我的《在學術殿堂外》剛剛出版，他託我一位同事來要一本，不久，就寫了一篇書評發表在上海《文匯讀書週報》上，並轉送我一份。我發現他對我的治學觀點和方法很為重視。現照錄如下：

治學重在打基礎

——讀《在學術殿堂外》

這句平常之語，是年過八旬的劉世南先生新著《在學術殿堂外》（中國文史出版社，2003）一書所收文章之一的篇名。另外的六篇為：《勿以學術徇利祿》《刊謬難窮時有作》《平生風義兼師友》《我自當仁不讓師》《怎樣培養中國古典文學的研究人材》《不能再輕視基礎培養了！——談當代人文社會科學學術研究的一個關鍵問題》。書中所述，按郭丹先生序言中所說，主要是三部分：

一是根據先生自己幾十年的治學體會談如何打好基礎、培養古典文學研究人材；

二是多年學術研究、古籍整理匡謬正俗的文章；

三是師友交往錄，亦可見出作者的學術功力與襟懷。

薄薄一冊述學之作，深蘊著作者一生讀書治學的深切體會。貫穿於其中的一個主要思想，即讀書要打好基礎與根底，這一「老生常談」在今天讀來尤為發人深思。

作者只讀完高一即因家貧而輟學，但自幼在父親指導下讀過十二年古書。像那個時代的多數讀書人一樣，先生啟蒙從傳統的「小學」入手，如朱熹編、陳造注的《小學集注》「四書」《詩經》《書經》《左傳》《綱鑒總論》等，全部背誦，由此打下了紮實的基本功。而後終生對學問念茲在茲，無一日嬉

## 師友偶記：清史大師手札　　張國功

戲廢書。即使長期在底層從事中學語文教學的非常歲月，依然是無視窗外風雨，手不釋卷，仿照古例，剛日讀子，柔日讀英文，博覽群書。

　　成為大學教師後，連除夕下午還在圖書館看書。「憶昔每歲除，書城猶弄翰。萬家慶團，獨坐一笑粲。」至今依然孜孜不倦，主持著《豫章叢書》之審定工作。先生之古典文學研究近於通史式，而對清詩尤有專攻。「心勞十四載，書成瘁筆硯」，終成《清詩流派史》（有臺灣文津與大陸人民文學版）一書，為學界眾所推重，將其與徐世昌《晚晴簃詩匯》、鄧之誠《清詩紀事初編》、錢仲聯《清詩紀事》、袁行雲《清人詩集敘錄》、錢鍾書《談藝錄》、汪國垣《汪辟疆文集》、錢仲聯《夢苕庵論集》、嚴迪昌《清詩史》共譽為清詩研究九種經典性成果。

　　海外華裔學者楊聯陞生前寫過很多糾謬文字，海外學人謂其 watching dog，視為畏友。「我自當仁不讓師」，作為視學術為天下公器而不能已於言的純正學人，世南先生於匡謬正俗文字，可謂終生踐行，樂此不疲，如其詩所言是「刊謬難窮時有作」。七八十年代，先生即著文對郭沫若《李白與杜甫》一書進行批評；對毛澤東《給陳毅同志談詩的一封信》中「宋人多不懂詩是要用形象思維的」一說提出質疑。這種不趨流俗而敢於質疑的做法，在學界引發強烈反響。至於文字指瑕，從書中所舉例看，涉及的對象中知名學者及著述即有朱星《〈金瓶梅〉的作者究竟是誰》、吳世昌《詞林新話》、周振甫《嚴復詩文選》、王水照《蘇軾詩集》、鄧廣銘《鄧廣銘治史叢稿》、葛兆光《從宋詩到白話詩》、黃維樑《中國詩學縱橫談》、余英時《陳寅恪晚年詩文釋證》、趙儷生《學海暮騁》、章培恆與駱玉明《中國文學史》、季鎮淮《來之文錄續編》、侯外廬《中國早期啟蒙思想史》、湯志鈞《近代經學與政治》等。以余英時釋陳寅恪「弦箭文章那日休？權門奔走喘吳牛。自由共道文人筆，最是文人不自由」一詩為例。

　　余氏坦陳：「『本初弦上』疑亦有直接的出處，一時尚未撿得。」但他又大膽論說：「但據《後漢書》本傳，他擊公孫瓚時曾『促使諸弩競發，多傷瓚騎』。陳琳為袁紹作檄，也特別強調『騁良弓勁弩之勢』（《三國志‧魏志》卷六引《魏氏春秋》），足見袁紹的弦箭是出名的。」劉先生指出「本

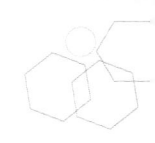

初弦上」出於《文選》卷四四陳琳《為袁紹檄豫州》一文，李善注：「琳避難冀州，袁本初使典文章。作此檄以告劉備，言曹公失德，不堪依附，宜歸本初也。後紹敗，琳歸曹公。曹公曰：『卿初為本初移書，但可罪狀孤而已，惡惡止其身，何乃上及父祖耶？』琳謝罪曰：『矢在弦上，不可不發。』曹公愛其才而不責之。』」

因此，「如黃祖之腹中，在本初之弦上」，「是說自己為每位府主撰寫的文稿，雖然都能像禰衡為黃祖撰稿那樣恰如其腹中所欲語，得到府主們激賞，但是所有這些文稿的內容，都不是自己內心所要說的，只是被迫為人作嫁罷了」。而余氏之義，恰恰是相反的誤釋。這些摘謬文章，固然體現出作者「當仁不讓於師」的學術勇氣，更反映出作者學殖之深厚。先生的切身體會是，包括注釋在內的治學，不是僅依靠工具書就能做好的，關鍵在於讀書；電腦也不能代替博聞強識，倒是在博聞強識的基礎上利用電腦才可以事半功倍。

一言以蔽之，治學必須根底深厚紮實。國學大師黃侃有「八部書外皆狗屁」之說，他對《說文》《爾雅》《周禮》《文心雕龍》《廣韻》《詩經》《漢書》《文選》最為精熟。世南先生對此旁批：「黃君用清儒之法治學，故其次第如此。今日治文學者，《詩》《左》《史》《漢》《選》《龍》為根底，再博涉歷代詩文，斯可矣。而新文學及外國文學尚須旁求。」他平日愛讀古人與時賢的年譜與傳記，特別留意其讀書方法，由此形成自己鐵定的原則，一是強調打下紮實基礎。

研究古典文學，尤其是校注古籍的，一定要對經史子集有個全面瞭解，就是直接閱讀原著。二是對主要經書如「四書」《書》《左傳》、子書（《老子》《莊子》內篇）、集部（《文選》《古文苑》）等必須熟讀成誦。庖丁解牛「以神遇而不以目視」，達到了「道」的境界。在先生看來治學所以重背誦，道理與此相同。

「背誦，不但能使你熟悉文本，而且能激發出你的靈感，你會聯想到很多看似無關其實有用的知識。要知道，學術本來是一個天然精巧的有機總體，你徹底地熟悉了它的主要部分，其他部分自會被你搜索、鉤連起來。邢邵說：

## 師友偶記：清史大師手札　　張國功

『讀書百遍，其義自見。』背誦才會熟。」這種熟能生巧的讀書方法，聽來無非是一己之經驗與無法之「笨辦法」，但細細深思，卻可以說是讀書之不二良方。學界一度有鼓吹小學生讀四書五經之風，先生對此明確表示反對，但他認為，「大學文科生，尤其是從事人文社會科學研究而又涉及國學的，卻必須補上基礎培養這一課」。

他贊同馮天瑜所持大學生「對文化原典熟讀成誦，再輔之以現代知識和科學思維訓練」的做法。當前復旦大學等大學中文系提出精讀原典，可謂切中時弊，與先生所論相合。至於大學中文系古典文學教師，先生提出不管其所獲為何種學位，都必須能背誦「《論語》《孟子》《書經》《詩經》《左傳》《禮記》；《老子》《莊子》《荀子》……其他經子要全部閱讀，並做讀書筆記，保證閱讀質量」。對當下古籍整理硬傷纍纍、出現「危局」的情形，先生憂心如焚，屢次著文呼籲。

究其原因，他認為即是基本功不夠之故。他將古典文學研究人才的培養分為七個步驟：精讀打根底的書；博覽群書；確定主題，力求搜齊資料；觀點由資料中提煉出來；著作必古所未有，後不可無；要學會寫古文、駢文、舊詩詞；不受名利誘惑。在學風浮躁的今天，先生之言初聽或有「老八股」之迂，但在他是「心所謂危，不敢不告」。

強調讀書治學的基本功，並不意味著先生的迂執守舊。讓人驚訝的是，先生以「小學」為根底，且年過八十，但並不囿限株守於古典一門。從其學術自述中，可以看出其對各種新方法的涉獵與吸取。其閱讀之範圍，令今天的年青學人也當嘆服。

2002年新出有宋雲彬日記《紅塵冷眼》，劉先生即注意到宋指侯外廬「文章全部不通，真所謂不知所云。然亦浪得大名，儼然學者」的評價，並引入其指瑕文章中。自述中提及的其他人文社科新書，舉凡有《李澤厚文化隨筆》《浮生論學》、王元化《九十年代反思錄》、吳江《文史雜記》、袁偉時《中國現代思潮散論》等。平日所讀刊物則有《隨筆》《文學自由談》《博覽群書》《戰略與管理》《學術界》等。

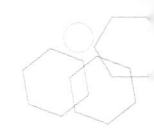

「作者則愛李慎之、王元化、李銳、嚴秀、藍英年、何滿子、秦暉、劉軍寧、胡鞍鋼等。」先生明言，知古是為了知今。其思想與文字充滿激情，與先生時時警惕墜入「知古而不知今，謂之陸沉」這種泥古不化之學術自覺大有關係。「學之興衰，關乎師友。」先生治學的另一經驗，即是轉益多師，多向大師請教問學。他蟄居僻地，但透過廣泛交遊，與馬一浮、楊樹達、王泗原、馬敘倫、龐石帚、錢鍾書、呂叔湘、朱東潤、屈守元、白敦仁等大師，或書信來往，或當面請益。「平生風義兼師友」，此種樂趣，可謂難以形諸筆墨，從中可以看到一幅共同切磋交流的治學圖景。

筆者一向喜歡讀《在學術殿堂外》這樣的述學文章。細想其緣由，大概與自己在學術殿堂外「東張西望」的編輯身份有關。指謬文章，儘管非我等學殖所能完全理解，但對日日與文字為讎的編輯工作來說，不失為一劑提高編校水準的針石良藥，可以從中獲致語言文字方面的諸多知識，也使自己在編校時對下筆常懷敬畏戒惕之心。至於知人論世、內容豐富的師友交往錄，更是有助於編輯略窺學術門徑，掌握「學界地圖」。靜夜翻書，真希望老一代學人能多多寫作此類文章，以嘉惠後學。

從那以後，我們來往日益密切。

最使我驚奇的，是他藏書極富，而且多是新書，大多是思想史、學術史性質的。我一向最關心現實，特別對當代思潮十分注意。他告訴我，他有一部《李慎之文集》，被人借去，竟遺失了。我很引為憾事。因為李先生與我同為1923年生人，不過他生於8月15日，而我則生於10月15日。雖然只比我大兩個月，我卻以師長視之。後來中國社科院哲學所的王毅先生送了一套《李慎之文集》（上下兩冊）給我，我告訴國功兄，他也很為我高興。

國功兄和我或寫信或面談，我們曾經為種種特權行為憤怒，為社會不公平擔憂，也為今天的新氣象所鼓舞。

對顧準，我們同樣尊敬。

## 師友偶記：清史大師手札　　張國功

我不認識顧準，但他對我的思想影響極大。我和他有同樣的思想歷程：信仰馬列，參加革命；共和國成立後，逐漸迷茫不解。開始還以為自身「小資」習氣重，不禁自慚形穢，真以為世上有「特殊材料」。

後來無數事實告訴我：「你上當受騙了！」於是像牛虻一樣，用錘子錘破了上帝的偶像。這期間促使我覺醒的，顧準的力量最大。而顧準的著作，以及王元化、吳敬璉的有關文章，大多是國功兄借給我看的。

過去，我相信人間可以建成天堂，是顧準教導我：「至善是一個目標，但這是一個水漲船高的目標，是永遠達不到的目標。」他假設：「至善達到了，一切靜止了，沒有衝擊，沒有互相激盪的力量，世界將變成單調可厭。如果我生活其中，一定會自殺。」這是揭露「終極目的」論的荒謬。更嚴重的是，「革命家本身最初都是民主主義者。可是，如果革命家樹立了一個終極目的，而且內心裡相信這個終極目的，那麼，他就不惜為了達到這個終極目的而犧牲民主，實行專政」。史達林不就是這樣？

其次，革命與改良。過去，受「左」的影響，我一直主張革命，反對改良。顧準卻從理想主義（以法國為代表的歐陸理想主義，動輒革命）到經驗主義（英美式的經驗主義，「一寸一寸前進」，「螺旋上升」），實際是主張漸進式的改良。（朱學勤《風聲、雨聲、讀書聲》中的《地獄裡的思考──談顧準思想手記》）

顧準這一觀點，和托克維爾在《舊制度與大革命》一書的分析完全相同：英國道路賦予了英國人自由、自治與憲政；法國道路則使法國人一次又一次發動革命，大革命之火總是熊熊燃燒。（陳斌《以自由看待革命：英國道路與法國道路之別──〈舊制度與大革命〉中的真問題，《南方週末》2013年1月24日，F31版》）而中紀委書記王岐山之所以推薦《舊制度與大革命》，正是要求我們面對中國當前種種尖銳的社會矛盾，務必衝破既得利益集團的重重阻力，重啟改革進程，力求避免爆發社會革命的風險。（《人民日報》2013年1月18日海外版，張廣昭文）

以上這些問題，正是我和國功兄經常討論的。所以，我一直稱呼他為啟蒙導師。

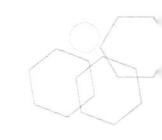

2010年7月，我應北大柳春蕊先生之邀，去參加他主持的「知行合一」論壇，並由北大江西同鄉（包括中國藝術研究院副院長王能憲先生）邀往北大中文系講學。國功兄早已和我商定，要為我做口述自傳，因而陪我一道進京。北大三日，全程陪同，還為我拍了不少照片，準備留作我的口述歷史的插圖。

　　北大三天，國功兄聆聽了我的講學，也見證了我在「知行合一」論壇上的發言：「昨天我在中文系講學，希望北大能繼承和發揚蔡元培和胡適的治校精神。」他沒想到，正是他多方面對我的啟蒙，才使我產生這份勇氣。

　　因為得地利與此前從事編輯出版工作的職業之便，國功兄幫助同道在朋友萬國英、王健明夫婦開辦的青苑書店，進行過多種文化公益活動，使它成為賣書、講書、藏書、印書，南昌讀書人交流文化思想的公共空間。我寫了一首《青苑頌》，現錄如下：

　　青苑大名震南昌，誰其主者萬與王[1]。鄴架何止十萬軸，歐美中土紛琳瑯。入門拂拂書卷氣，書痴頓如渴得漿。承平士夫訪廠甸，豔稱竹垞與漁洋[2]。我輩今日入此苑，韻事亦應紹同光[3]。少年今日不悅學，賴有此苑守一疆。學術通途從此始，後生往往得梯航。臨安昔有陳宗之[4]，書肆宏開睦親坊。陳道人家開雕者，江湖詩派擅勝場。玲瓏山館二馬在[5]，吟社曾聞結邗江。街南老屋多名士，青苑端合繼維揚[6]。實齋莫笑橫通輩，主人鴻論自發皇。賣書講書稱兼善，又如史成民間藏[7]。名流時時來說法[8]，神明華胄自慨慷。更聞印書陳大義，名論不刊署《豫章》[9]。桃李不言下成蹊，三冬頒獎入帝鄉[10]。獨立堅守少儔侶，肇錫嘉名旌四方。青苑春風江右滿，化雨尤賴堂堂張[11]。國功兄實綱維是[12]，青苑名遂天下強。我輩今皆食其賜，功德在人永無忘。

　　注：

　　①萬國英與王建明兩經理。

　　②朱彝尊號竹垞，王士禎號漁洋山人。兩人為康熙時達官、名士，休沐之暇，輒訪書於琉璃廠等書肆。

　　③同治、光緒時，李慈銘等京官皆常遊廠甸訪書。

## 師友偶記：清史大師手札　　張國功

　　④南宋人陳起，字宗之，設書肆於臨安（今杭州）睦親坊，刻《江湖集》，形成江湖詩派。

　　⑤乾隆間，揚州鹽商馬曰琯、曰璐兩兄弟，築小玲瓏山館；又建街南老屋，藏書甲東南，好結客，四方名士多與交，結邗江吟社。

　　⑥章學誠《文史通義》有《橫通》篇，謂老書估熟於版本目錄之學，而實不解書義。青苑兩經理迥異於舊日書商，皆胸有丘壑，極通時務。

　　⑦史宬：以喻國家圖書館，青苑則民間大圖書館也。

　　⑧海內名流多來青苑講學，張國功教授為主持人。

　　⑨將出版《豫章》。

　　⑩萬國英經理今冬赴京接受「獨立書店堅守獎」。

　　⑪《論語·子張》：「堂堂乎張也。」

　　⑫屈原《天問》：「孰綱維是？」

# 嚴凌君

2013年3月份，胡塵白（遂川中學我教過的學生）忽然打電話告訴我，《讀者》（2012年12期）第22頁那篇《青春讀書課》一文中提到我。我校離退辦閱覽室訂了這份雜誌，我找到這本一看，作者陳濤，寫的是嚴凌君。

嚴凌君，是我二十九年前教過的大學生。從畢業後，我們就再沒有見過面，也沒有通過信。如果沒看這篇文章，我根本不知道他在中學語文教學上做出了那樣輝煌的業績。

但他真正震撼我的，是如下一些話：考進江西師大中文系後，「他只老老實實地上了半年課，剩餘的三年半時間幾乎都泡在圖書館」。他「覺得聽課浪費時間，就自己去看書」。作者陳濤寫道：「他說，他只去聽一些有個人風格的老師的課，比如教先秦文學的劉世南，講課就很精彩。」

坦白說，初看到這幾句話，我像觸了電似的，產生一種從來沒體驗過的震動。嚴凌君這些話是對記者陳濤說的，絲毫沒有討好我的意思。這種讚美是最真誠的，因而也是最難能可貴的。我做夢也沒想到，二十九年前，一個年輕的大學生，曾經這樣欣賞我。

一般讀者可能無法理解我這九旬老人的這種激動。

要知道，我雖然在中學教了幾十年語文，可是，我的正式學歷只是高一肄業。1979年開始教大學，很多中文系的教師是不以為然的。特別是教研室的個別負責人，「左」的思想根深蒂固，聽到我在課堂上把江青比做南后，就背後向上級彙報，說我汙衊毛主席是楚懷王。類似罪狀不知編派了多少，最後說我不適合教大學生，把我放在《讀寫月報》（一份輔導中學語文教學的刊物）編輯部去。為了抗議這種排擠，我向校領導要求調走。幸虧校黨委書記鄭光榮瞭解內情，向有關人說：「你們認為他不適宜教大學生，好的，以後叫他專帶研究生好了。」

在這種情況下，有關人才啞口無言了。

我一直為鄭光榮書記的關愛而感激，很像程千帆先生之於匡亞明校長。

## 師友偶記：清史大師手札　　嚴凌君

　　嚴凌君自然不會瞭解這種人情鬼蜮的內幕，我更沒想到有這樣一位愛重我的學生。「也應有淚流知己，只覺無顏對俗人！」不記得這是誰的詩句，我經常在腦海裡默唸著。

　　可是後來看了他為中學生編的《青春讀書課》成長教育系列讀本，按順序為《成長的歲月》《心靈的日出》《古典的中國》《白話的中國》《人類的聲音》《人間的詩意》，一共七種。每一種都分一、二冊。估計是將來還會增選為三、四冊。翻翻每冊的目錄，我大吃一驚：真是古今中外，無所不包，把文、史、哲，不，把整個人文社會科學的要籍而又適合中學生閱讀的，全部（或初步）收集進來了！

　　看了錢理群、莫言以及中學生楊建梁的感言，我不禁爽然若失，愧疚不已：嚴凌君做的工作，是教育家的神聖事業，他不愧為「人類靈魂的工程師」。而我呢？從中學到大學，教了一輩子書，其實只是教書匠。這就難怪我在遭到橫逆時，雞蟲得失，斤斤計較。和嚴凌君比起來，我是多麼渺小，而他是多麼高大。我配接受他的尊敬嗎？

　　我今年九十二歲了。青少年時期，看過夏丏尊、葉紹鈞主編的《中學生》，也看過陶行知曉莊育才中學的有關書籍。嚴凌君執教的深圳育才中學實在是繼承並發揚了陶行知的精神的。這樣培養出來的青年，天然具有公民的素質。如果再能進入劉道玉做校長的新型大學，將來必能培養出一流的、大師級的人才，以完美的答案回應錢學森之問。

　　但是，現實怎麼樣呢？一邊是「國學熱」「兒童讀經」；另一邊是大、中、小學推行應試教育。前者的結果，請看2014年9月4日《南方週末》第4版的《十字路口的讀經村》（張瑞、張維）和第5版的《讀私塾的孩子》（張瑞），多麼可怕！後者則是培養出精緻的自私者（錢理群言）！

　　面對著這股洪流，嚴凌君及其戰友們，所行所為，是否顯得近似精衛填海式的悲壯？

　　大學圖書館本應為大學生、研究生、教師潛心治學的寶地。他校我不知，僅以我校（江西師大青山湖校區圖書館）而論，6樓的報刊室，全國各種刊物，

林林總總，美不勝收。但是多年來讀者只有我一人。偌大的閱覽廳，成為我個人的工作室。極個別時候，極個別學生會來翻翻雜誌，看看報紙。其他書庫，高朋滿座，仔細看看，都是準備考研的，沒有一個是借閱藏書的。像嚴凌君那樣「逃課」而坐圖書館的，一個也沒有。

我並不灰心，因為嚴凌君他們那樣的清醒者會越來越多的。

**師友偶記：清史大師手札**　　傅杰

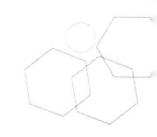

# 傅杰

2014年1月18日下午5點，南昌大學張國功教授來電話，復旦大學汪少華教授電話告訴他，傅杰教授在《文匯讀書週報》辟一專欄「經眼漫錄」，上次談章太炎，此次評《大螺居詩文存》。傅君要把報紙寄我，問汪通信地點，汪記不清，故問張。我聽了電話，即告以明細地址。

我是每天記日記的，這天記的是：「此事甚意外，猜想必評我：（1）談國學熱。（2）宮體詩文。」我所以做此想，是因為對傅君不大瞭解，以為我的詩文對這些年的國學熱很不以為然，傅君是否有不同的看法。至於猜到宮體詩文，則章培恆、徐艷兩教授都是復旦的，傅君是否也有不同看法。

1月21日，國功兄電話告我：

（1）傅君將致函及報於我；

（2）他訂閱了《文匯讀書週報》，該期已到，亦已閱，明晚5時左右將送我一閱。

次日晚6點20分，國功兄來，送傅君文，即匆匆去。我展讀該文，在《文匯讀書週報》。原文如下：

《大螺居詩文存》

傅杰

剛讀大學不久，在《中國語文》上拜讀《談古文的標點、注釋和翻譯》，由於印象深刻，一下子就記住了劉世南先生的大名，至今已三十多年了。黃山書社出版的包括上文在內的本書是九十高齡的劉先生的詩文集。其中文的部分主要關涉古籍整理與古典文學研究，體現了老學人的博洽多聞；詩的部分則不乏對時事的關懷，體現了老詩人的憂世傷生。

詩歌部分不足百頁，只占全書六分之一，卻時見引人注目的篇章。僅讀書有感而作的，就有讀《陳寅恪的最後二十年》、讀《中國礦難史》，甚至還有讀當代小說《滄浪之水》的一唱三嘆，年登耄耋卻心明眼亮的詩人讀完

## 師友偶記：清史大師手札　　傅杰

小說，更體會到「人性惡，一據權位，必牟私利，亦必以神聖說教愚其小民」。於是慨嘆：「興亡瀝盡生靈血，誰信庶民得自由。」又當蘇聯解體之際，詩人不但「驚賦」長歌，還另作《讀歐陽修〈朋黨論〉》，開篇說：「蘇共黨人一千七百萬，紅旗落地冷眼看。利盡交疏自古然，臨財苟得臨難免。」結尾說：「烏合之眾雖多亦奚為，巢穴紛作鳥獸散。由來興亡繫人心，徒騰口說堪一粲。」類皆擲地有聲。自序謙稱其詩卑不足傳，「所可自信者，凡為詩，必有為而作，絕不嘆老嗟卑，而唯生民邦國天下之憂」，信然。而既如此，則不僅可觀，亦必有足傳者在焉。

論世如此直言無隱，論學自然也是一針見血。作為本書主體的文五十多篇，絕大部分都是作者博覽群書時寫的札記，主要是對古代文化研究著作的正訛糾謬。從中我們知道，今人標點、注解、翻譯的古籍，無論選集乃至全集，可以因為不明字義，不明文法，不明文意，不明出處，不明制度而錯誤纍纍；今人寫的歷史人物評傳，可以誤點、誤解傳主的著作多處；今人所著《中國散文通史》，僅清代部分引到的原文可以誤標近三十例。作者一一抉發以正視聽，更希望藉此來端正學風。雖涉及名人大家，亦不曲意迴避。如批評季鎮淮先生《來之文錄續編》的賞析編釋讀古詩多誤，與作序者所說「表現了作者深厚的學力」「一些難解的典實與詞語解釋得清清楚楚」相去甚遠。

又批評侯外廬先生《中國早期啟蒙思想史》誤解魏源稱龔自珍晚尤好「西方之書」為西歐新學，不悟黃庭堅與人書即言「西方之書論聖人之學，以為由初發心以至成道，唯一直心，無委曲性」，所謂「西方」與清人習稱的「泰西」全然不同。作者在四十年代即致書侯氏，蓋以未能收到，其後侯著或單行，或作為《中國思想通史》第五卷再印，各版均未改正。1975年重印的《龔自珍全集》，由鮑正鵠先生執筆的前言指出：

還有一個問題值得一提，就是中國近代的先進思想家有一個向西方學習的任務，這是在鴉片戰爭後逐步明確起來的。龔自珍生前並沒有來得及把它作為自己的要求提到日程上來。可是因魏源曾在《定庵文錄序》中說過龔自珍晚年「尤好西方之書」的話，長期被誤以為是他向西方尋找真理的依據。雖有人曾經指出過，但誤者仍誤。其實，這個「西方」不是指代表資本主義

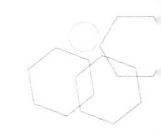

的西方,是指佛國的「西方」,即龔自珍自己在《題梵冊》一詩中說的「西方大聖書」的「西方」。這不只是對一句話的誤解,而是牽涉到對中國近代思想的進程和龔自珍思想的評價問題。

　　1979年出版的錢鍾書先生《管錐編》論《太平廣記》卷八九涉及內典,謂明季天主教入中國,詩文遂有「二西」,如盧淳熙《虞德園先生集》卷二四《答利西泰書》:「幸毋以西人攻西人」,正謂耶穌之「西」說與釋迦之「西」相爭也。近者學者不察,或至張冠李戴,至有讀魏源記龔自珍「好西方之書,自謂造微」,乃昌言龔通曉歐西新學,直可追配王余祐之言杜甫通拉丁文,廖平之言孔子通英文、法文也。王氏因「西洋之俗,呼月為老瓦」,乃疑杜詩「莫笑田家老瓦盆」中的「老瓦盆」是「取其形之似月」的月盆;廖氏闡孔子「法語之言,能無從乎?改之為貴」之意是法文較英文難學。廖氏是在鬧著玩兒,侯氏動的可是真格。可惜直到2000年出版的湯志鈞先生的《近代經學與政治》,仍以魏氏語為根據,判定龔氏「如果不是早逝,他也會像林則徐、魏源一樣,認真研究西學的。」

　　就在我興奮地閱讀傅君此文時,第二天晚上,福建師大文學院的郭丹教授(他原是我帶的研究生)也給我來電話,說是他也訂閱了《文匯讀書週報》,見傅君此文,很為驚喜,特此相告。可見此文在我友朋中的轟動效應。

　　實際上,直到此時,我對傅君仍然不大瞭解。據郭丹說,傅君曾師從張世祿先生,張氏為著名訓詁學專家。而據江西省志辦黎傳紀君從電腦上查出,則傅君杭州大學讀碩時師從姜亮夫老先生;後又成為王元化先生的博士生。畢業後即留在復旦中文系以迄於今,是博導。

　　儘管所知不多,但看了此文後,我很激動,因此,1月29日,枕上口占七律一首:

讀傅杰先生文奉謝兼訊少華兄

事外調停累大家,多公平議見真吾。

賞音如睹雲龍會,過目重開主客圖。

詩外餘音幾相諭,眼中巨擘更誰如。

## 師友偶記：清史大師手札　　傅杰

因風問訊汪夫子，春在堂書已了無？

首句有本事。據友人見告，網上一夥人攻擊我，說我繩愆糾謬，是雞蛋裡挑骨頭；南大曹虹教授看不過去，勸說幾句，他們就圍攻她。我因年過九十，電視也不看，更莫說上網，所以，他們（聽說都是化名的）那樣大肆譏彈，等於唐吉訶德挺長矛對風車作戰。倒是連累了曹教授，我負疚良深。現在傅杰先生特加揄揚，是變相的仗義執言，人非草木，能不感激？

更巧合的是，傅君也正是同日寄出其賀年卡、信件和那張報紙給我。

但是，我真正對傅君有更深刻的瞭解，是在今年（2015）看了王元化先生《九十年代日記》以後。從7月3日到5日下午3∶47，我看完了《日記》。6日，分類頁碼如下：

(1) 評毛澤東（第063、094、095、130、155、157、175、206、279、325、326、334、361、364、369頁）

(2) 評胡喬木（第159、251頁）

(3) 評恩格斯（第290頁）

(4) 評波爾布特（第312頁）

(5) 評陳垣（第101頁）

(6) 評王國維（第123、124頁）

(7) 評朱東潤（第275頁）

(8) 評余英時（第065頁）

(9) 評錢鍾書與馬悅然（第053頁）

(10) 評吳敬璉（第072頁）

(11) 評馬一浮（第205頁）

(12) 評陸谷孫（第240頁）

(13) 評愛因斯坦（第279頁）

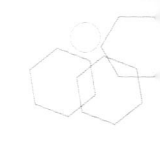

(14) 評袁偉時（第 257-261 頁）

(15) 評裘錫圭（第 024 頁）

(16) 評董健（第 041 頁）

(17) 評北島（第 055 頁）

(18) 評郭嵩燾（第 345 頁）

(19) 評顧準（第 370 頁）

(20) 評陳布雷（第 385 頁）

(21) 評齊白石、潘天壽（第 386 頁）

透過以上的評論，我對王元化先生肅然起敬，覺得這真是一位有思想的大學者。本來他的著作，我早都拜讀過，但直到現在讀了他這部《日記》，我才更深切認識到他的人格魅力、思想高度。而傅杰教授正是在這段時間師從王元化先生的，《日記》中頻頻出現傅君的身影，第 193 頁稱傅君「讀書很多，但不大寫文章，文字較澀」。這是 1994 年，距今已二十一年了，傅君腹笥更不知若何充盈了。所以，我在 7 月 3 日日記中記下幾句話：「王元化先生《日記》大有益於開拓心胸，且知傅君種種情況。余能獲知於傅君，幸甚。」

最近翻閱《名作欣賞》2015 年第 6 期，看到向長偉對周國平《人的高貴在於靈魂》的九點思考。向君一方面認為阿基米德死得不值，應該避一避那兇殘的侵略軍，再做研究也不遲；另一方面讚美盧梭拒絕接受法國國王賜給他的年金。因為盧梭認為，「有了年金，真理完蛋了，自由完蛋了，勇氣也完蛋了。從此以後，怎麼還能談獨立和淡泊呢？一接受這筆年金，我就只得阿諛奉承，或者噤若寒蟬了」。

看了這段話，我忽然想起王元化先生，他是老黨員、老幹部，歷經政治風險，卻堅持自己的理想、信念，從不動搖。面對現實，作為體制中人，他決不阿諛奉承，也不噤若寒蟬，而是一直說自己該說的話。作為王元化先生的得意門生，傅杰教授所受薪傳，不僅是文化知識，更主要的是浩然正氣。

**師友偶記：清史大師手札　　傅杰**

我願以此與傅君共勉。

# 北大之行

　　2010年6月17日晚8：30，北大中文系教師柳春蕊先生給我來電話，要我7月2日由南昌市坐火車赴京，請王勝奇（文學院派他住我家，既照顧生活，又隨我讀古書。此時已讀完碩士研究生，其導師劉松來教授原為我所帶的研究生。勝奇現正在省社科院文學所上班）一路陪護；同路的還有張國功先生（百花洲文藝出版社社長助理）。春蕊特別說明：由北大江西同鄉（包括中國藝術研究院副院長王能憲先生）邀往北大中文系講學。

　　6月22日，勝奇告我：已與國功兄聯繫好，7月2日下午他有車來接我們。

　　23日，勝奇把春蕊寄來的「知行合一」論壇資料放我書桌上，說7月4日上午論壇開大會，我作為貴賓之一，坐主席台上，應致辭。下午為北大中文系學生講學，晚上為江西籍教師講贛文化。

　　24日，準備講稿，題為《學人與文人》，即正史中的「儒林傳」「文苑傳」和近現代觀念相結合。

　　27日晚8：30，首都師大教師檀作文先生來電話，說是聽說我將到北大講學，擬來接站，我忙婉謝，並問其夫人病已癒否。檀君，安徽人，我並不認識他，不知他何以知道我。據一位研究生陳驥告訴我：他大學畢業後，在北京工作，和檀君認識了，經常來往。後來決定回江西讀研。等考上江西師大哲學系，向檀辭行時，檀特地交代：「你到江西師大，一定要去看望劉老。」現在他又這樣熱情歡迎，真使我感動。

　　28日，經過連日準備，講稿已抄好，題目改定為《從「文人相輕」談到「學人相重」》。

　　29日，在線裝書庫看簡朝亮《朱九江先生年譜》「52歲下」：「先生曰：經史之誼，通掌故而服性理焉，如是則辭章之發也，非猶夫文人無足觀者矣。」（自注：宋劉忠肅公每戒子弟曰：「士當以器識為先，一命為文人，無足觀矣。」）我看嚴嵩的《鈐山堂集》，見湛若水的序那樣諂媚權奸，居然還是理學家，真是咄咄怪事！九江此年亦提到湛，可見人心相同。晚8點，

### 師友偶記：清史大師手札　　北大之行

南京師大博士生李秋霞，原在江西師大文學院讀碩，此時從北京市密雲家中給我來電話，說是從網上檀作文處知我將往北大講學，7月4日下午她一定來聽。旋又得春蕊電話：7月3日下午，擬請我和北大三十餘人座談如何治學，胡敕瑞教授也會來參加。又說已與龔鵬程先生聯繫，可能來相會。

7月2日，晚八點半，國功兄以小車來南校門口，接我與勝奇赴南站。9：10，共上7號車廂，我睡22號下鋪。

3日，晨6點起床，早點：蛋糕兩個，牛奶一盒，勝奇從南昌市帶來的。我坐在過道窗邊，一邊吃早點，一邊向外望，一坦平陽，正經過河北省的衡水市。國功兄昨晚睡隔壁，此時過來閒談，又說到口述歷史。關於此事，我已和他說過，第一，我非名人，沒資格口述歷史。第二，八十多年的閱歷，尤其是一輩子基本上無日不讀書，這方面確也有些心得體會，很想總結一下。但口述不行，還是自己寫好。第三，我的治學，密切聯繫現實，從不為學術而學術。

這麼一來，在敘述治學過程中，必然有很多觸犯忌諱的話。這些話，比紀德的《從蘇聯歸來》還尖銳。羅曼·羅蘭的訪蘇日記要在他身後五十年才可公開，我的就更要在我身後若干年形勢允許時才能問世。這類似鄭所南的《心史》，今人余杰的「抽屜裡的文學」，只能「藏之名山，傳之其人」。國功兄很瞭解我，我也充分信任他。這次他願應春蕊之約與我同往北大，意中也含有親身體驗一次我的講學活動，以便多角度多層次地理解我。這份心意，我是沒齒不忘的。

到北京了。因為火車誤點，原定9點到，現在11點才下車。春蕊派了北大中文系學生何方竹來接站。一路走，一路閒談，知道她是安徽省淮南中學高三畢業的，當年該校只她一人考上北大。這姑娘在我面前輕盈地走，一邊側過身子陪我談話。這是我第一次接觸的北大中文系大學部學生，也是全國大學生仰慕的幸運兒。我不知道她是應試教育的成功者還是犧牲品，但內心對她是喜愛的，像老爺爺喜歡他的孫女兒一樣。我喜歡一切奮鬥成功的人，而渺視那些游手好閒、好吃懶做的人。

我已經二十多年沒來過北京。第一次是 1959 年，第二次是 1987 年，現在是 2010 年。坐在公車內，所過街道，都不知道是哪裡。進到北大校園，浮想聯翩，感慨無窮。首先想到的是蔡元培、胡適，是五四新文化運動，是民主與科學的發源地……

見到了春蕊，分外高興，互相把手握得緊緊的。先引到北大餐廳吃午飯，然後送到百宜商務會館 2263 室。我睡眠本不好，加上特別亢奮，只能閉目休息，根本無法入睡。

下午兩點半，和國功兄、勝奇同往北大中文系會議室。到了大門口，國功叫我停步，掏出相機給我拍了幾張照。我懂得他的意思：將來給我這部口述歷史拍好一些插圖。拍時，我望見對面草場上，有很多應屆畢業生也在拍照，有男有女，或穿學士禮服，或穿碩、博禮服，在陽光照耀下，一張張青春的臉上堆滿歡笑，真是天之驕子呀！

預定 3 點開講。一進會議室，胡敕瑞教授，王達敏、檀作文兩位博士，歡然相迎。胡君，泰和人，是周元彪君當年教中學時的得意門生。元彪是我在永新中學執教時的弟子，所以，胡君謙稱為再傳弟子。其實這是他的客氣，無論是元彪還是敕瑞，他們在古漢語上的造詣上早已青勝於藍了。王達敏研究員在中國社科院文學所工作，是北大中文系博士。我們神交已久，今始把晤，快慰可知。去年抑或前年，我忽接到他一本贈書《姚鼐和乾嘉學派》。我因素昧平生，頗滋驚疑。展讀之後，很像讀丁功誼的《錢謙益文學思想研究》那樣擊節嘆賞。

讀完後作書評一篇寄去，不久刊於《中華讀書報》。這次初見，真是歡若平生。檀作文君任教於首都師大，也是北大中文系博士。他和達敏一樣，和我並不相識。但當一位青年朋友陳驥準備來師大讀碩時，檀叮囑他：一定要來拜訪我（前文已述）。這次我來北大後，他一直伴隨，片刻不離。檀、王二位的熱情，簡直使我如沐春風。

3 點開會，胡敕瑞教授主持。聽眾有大學生一人，余皆北大中文系碩、博，另外哲學、歷史博士生各一人。我之所以如此清楚，是因為開講前我請他們

**師友偶記：清史大師手札**　　北大之行

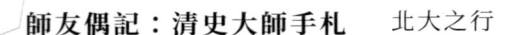

作了自我介紹。會議室的四周都坐滿了，不止春蕊說的三十多人，有四五十個人。

胡教授先介紹我，然後請我開講。我講的是《從「文人相輕」到「學人相重」》。我的用意在於發揮民主主義的寬容精神，強調學人應能欣賞異量之美（這是結合《文心雕龍·知音》來說的），即使學術觀點不同，也能互相尊重。我的創見是：中國一貫有「文人相輕」的傳統，這是惡德；卻沒有注意，中國還有「學人相重」的傳統，這是美德。我把「學人」的「學」含義擴大了，不僅僅指學術研究的人，也指鮑叔牙、劉邦等政治人物。因為那是廣義的「學」。後來在學生提問時，我乾脆說明，在亂世為了明哲保身，也不應像文人那樣狂傲，自致殺身之禍，像禰衡那樣。我們一定要發揚顧炎武《廣師》的精神。

因為柳春蕊希望我談談自己怎樣治學，加上聽眾有人問我經典為什麼這麼熟，很多長段都能背誦。我綜合回答：我治學，既重童子功，又重札記。我說，我剛才所講的，有些資料是較生僻的，我都是平時閱讀時札記在本子上，按英文 26 個字母編號，分別摘錄，需引用時，一索即得。我還說，治學除強調背誦和札記，我還強調會通，亦即善於聯想和創新。例如以顧炎武《廣師》為出發點，我就上溯到孔子、鮑叔、劉邦……並從儒學角度說明「學」的本義本非如今人之專指學術研究，而是從修、齊到治、平，無一非學。

最後我特別說，我最愛重錢鍾書先生，深恐其不能「苟全性命於亂世」，所以極不願其有文人習氣。言外之意，我還暗示，錢為《毛選》英譯把關，實背「不求聞達於諸侯」之義。如陳寅恪處此，必不如此，也決不會出任中國社科院副院長。由此可知，以風骨論，陳遠勝於錢。

最後，春蕊請達敏作點評。我已多年未參加學術會議，竟不知有此新鮮事物。達敏真不愧是我的知音，其點評固多溢美之辭，但關鍵處都能深刻剖析。我一邊諦聽，一邊領略其京派學人風味。給我印象特深的，是他特別推重《清詩流派史》，我想，這是因為他也是研究清代學術思想的，所以極易與我有針芥之合。

達敏點評後，敕瑞、春蕊相繼發言，儘是盛譽。

62

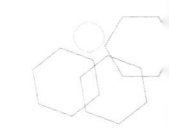

接著是學生提問，北大的主要問如何能把經典化為骨肉，我答以童子功。但是，我申明，這並不表明我也主張「兒童讀經」，現在的兒童應讀公民課本，培養民主素質。但文、史、哲的學人應該補課，像顧炎武那樣晚年出遊，以騾、馬負書，夜宿旅店，飯後即挑燈與門人圍坐桌前，由門人們輪流朗誦經史，顧先生端坐而聽，藉作溫課。一生無論家居外出，都必溫習經史，日日如常。我們今天文科學人，也必如此。

只有從密雲趕來的李秋霞，她不同意我的意見，認為學者就是要有傲骨，錢鍾書狂是對的。這才引起我「明哲保身」「苟全性命」「不求聞達」的一番話。在座的都望著她笑。

最後，在熱烈的掌聲中，我起立表示對大家的感謝，特別說明，十分感謝春蕊、敖瑞二位相邀，使我能登上北大中文系的講壇，這是我這一生中最大的榮幸。

午飯時，北大中文系大學部學生肖振華、北師大歷史系碩士生劉水龍，以及檀作文先生紛紛敬酒，其實我從不飲酒，只喝飲料，舉杯示敬而已。

飯後，國功、達敏、作文、水龍、勝奇和我一起繞著未名湖散步。未名湖，真是久仰了！它由錢穆命名，卻稱為「未名」。我不但聯想到北大的「廢名」先生，更想到《老子》的「名可名，非常名」。是呀，道不可名，正如堯之為君，民無能名。那麼，今天21世紀環球之道是什麼？不是民主主義嗎？從戊戌變法到今天，「德」「賽」口號從這裡喊起，可是就是北大這塊聖地，它仍然未名，或有名無實。

我們先到臨湖軒，達敏介紹：這裡是原燕京大學校長司徒雷登的寓所，「臨湖軒」三字是冰心女士題的。我們站在一個竹籬笆門邊，裡面是一條頗寬的土路，兩邊儘是竹林。時近黃昏，遙望竹林深處，隱約可見一棟白色洋樓，由於竹林的濃蔭，看不清洋樓的全貌。

順路走，他們又帶我去看史諾的墓。俯瞰著腳邊的西式的墳，我想起《毛澤東自傳》，正是他寫的。

**師友偶記：清史大師手札**　　北大之行

再往前走，到了蔡元培先生銅像前。剛才我講學時，首先一句話就是「我希望北大能繼承和發揚蔡元培和胡適兩位校長的辦學精神，只有這樣，才能解答錢學森之問」。現在，我終於站在蔡先生面前了，我瞻仰著這黑黝黝的銅像，懷疑是鐵鑄的，鐵骨錚錚！一位前清翰林，成為革命志士，更成為兼容並蓄的北大校長！這是多麼神奇的蛻變！當然，我腦海裡也不斷浮起他的辭職報告：「殺君馬者道旁兒」，「民亦勞止，汔可小休」。

蔡先生最後病逝於香港，他為什麼不正丘首於古紹興？我還想到在北洋政府之下，蔡先生辦學卻能獨行其志；正如在蔣介石極權統治下，西南聯大也能獨行其志，所以，她們都能做出極大的成績，培養出一流的人才。其中奧妙，就在於沒有行政的干擾。

我就這麼思索著，周圍的人則隨意聊天，大概達敏他們習以為常，不像我初來乍到，又久歷滄桑，容易生感。大家簇擁著我，繼續前行，最後和達敏、作文、水龍分手，國功、勝奇和我同返「萬宜」。一邊淋浴，一邊在回憶達敏、作文、水龍的熱情。他們簡直熱情得有些過火，卻又那麼真誠。特別是達敏，他的言談舉止，那麼溫婉，那麼從容，竟使我聯想到1959年北海仿膳邂逅的那位麗人。現在我明白了，這是一種氣派：雍容華貴。只有久居（甚至好幾代）京華的精英階層人士，才有這種氣派。

第二天，7月4日。很早就醒了，補記完昨天的日記，才5點45分，索性作《紀事》一首：

柳君宿諾願終償，攜我來登大雅堂。

安定先生同護法，京師太學許觀光。

巍巍都講何能任，渺渺瀛洲竟可航。

自是平生無此快，未名湖畔更徜徉。

上午，春蕊引我們到北大圖書館旁一個小型會議室，參加「知行合一」論壇的會。他先安排國功等在聽眾席上就座，然後引我到講壇後休息室小坐，準備開會。裡面已有幾位男女貴賓，一位身材魁梧嗓門高的男貴賓，正和面前幾個學生交談。另一位女貴賓，那裝束和風度，酷似「海歸」，非常洋氣。

她主動和我握手，長裙拖地，衣香鬢影。略為交談，才知是一位女音樂家，似乎是北大音樂系的。

這類女士單從外表不易看出年齡，估計「文革」時也曾下放過「五七幹校」，真是難為她了！不過楊絳不也下放過懷寧農場麼？人總是到哪地步說哪地步的話。記得母親說過：解放前，鞏上（村名）胡家一位少爺，新買一雙絲呢鞋，穿上沒走幾步，對僕人們說：「怎麼硌腳呀？」脫下一看，原來鞋裡有一根頭髮。後來窮了，打赤腳穿草鞋。鄉下人作弄他，笑問：「大少，這草鞋不硌腳吧？」

我正浮想聯翩，春蕊引龔鵬程先生進來了。一經介紹，我忙雙手緊握他的右手搖撼著，說：「久仰久仰，真是久仰久仰！」因問他回過吉安縣老家沒有。經過一番交談，我才知道他是值夏（村名）人，龔姓是大族，有千多戶。他還鄉後，祭了祖，上了墳。正談得高興，勝奇進來了，我忙給他介紹。他們此前已通過信，現在見面，龔說：「我歡迎你報考，但我不但要考中國文論，還要考西方文論，你也得好好準備。」又說：「外語一定要過關，否則專業再好也不行，這是北大嚴格規定的。」

這時，通知開會了，大家一齊出去，龔君坐在第一排聽眾坐位上。春蕊請我坐在台上正中，我一看牌子，左邊是陳洪，他左邊空了一個位子。右邊是樂黛雲、漆永祥。我正躊躇，想坐偏一點，陳洪卻跟我交談起來，原來休息室個子魁梧的就是他。他說：「劉先生，盛江常說起您。哎喲，真沒想到，您竟這麼健康！」一口天津話，怪脆的。我知道他是說2004年那次，本來約定去南開講學，恰因此前一位70多歲的外地專家，正在台上講著，舊病突然發作，搶救都來不及，驚心動魄之餘，校領導忙問盛江，一聽我已過八十，立即來電作罷。

我們倆正低聲談著，春蕊宣布請我首先講話。我說：「不行不行，怎麼是我先說？」春蕊含笑說：「我們安排坐位和發言次序，是按來賓年齡大小。您八十七八了，當然應該第一個發言。」我說：「不，我不瞭解情況，得讓我先聽聽。這樣好不好，女士先請（Lady first），請樂先生先發言。」

### 師友偶記：清史大師手札　　北大之行

　　樂黛雲真是巾幗不讓鬚眉，八十二歲了，右腿又傷殘，可是講起話來，不但慷慨激昂，而且十分尖銳，敢於指摘時弊，毫無顧忌。我在昌已看過聽眾單位名單。因此，我為樂先生捏一把汗。但是她滿不在乎，仍然在那裡侃侃而談，旁若無人。我忽然醒悟：京師開天下風氣之先，她敢這樣放開來談，正說明風氣變了，知識分子已不再噤若寒蟬。

　　樂先生講完後，我接著發言。首先說：「昨天我在中文系講學，希望北大能繼承和發揚蔡元培和胡適的治校精神。現在聽了樂先生的發言，我非常興奮，因為你們已經繼承了，而且步子跨得很大。」接著我針對論壇主題談到讀書問題：「我可以援引啟功先生戲撰的墓誌銘中兩句話：『高中生，副教授。』我只讀過高一，但是我一輩子讀書，基本上做到，只要有空，就手不釋卷。我生平不煙不酒不賭，黃、毒更不沾，唯一的樂趣就是讀書。但是，我不是為讀書而讀書。我是為探索真理而讀書，為解決社會問題而讀書。我不僅坐而論道，而且是起而行，我曾經為此逃亡，我曾經策反。」我對當下的官場、學界腐敗，民間一片賭風，極為痛心疾首。對當前的社會分配不公，尤其憂心忡忡。

　　陳洪副校長接著發言。他很風趣，開口就說：「剛才劉先生說他是『高中生』，真是無獨有偶，我也是『高中生』。不過我比他高一個碼，他是高一，我是高二。」

　　我正望著他笑，忽然會場發生小小的波動，春蕊引著一位先生到台上來了。陳洪忙和他握手，並為我介紹，我才知道這就是北大的周其鳳校長。我忙讓座，他不肯，就坐我旁邊，陳洪移過去。

　　陳洪繼續講下去，真是口若懸河，極富吸引力。他認為春蕊他們這次「送書下鄉」（到江西部分農村），根據他過去長期的農村工作經驗，這件事，既「可為」，又「有為」，但「難為」，因為這不是送救濟衣物，村幹部和一般村民不大瞭解這份精神財富的巨大意義。

　　接著是周校長致辭。在我心目中，北大校長，即使不是蔡元培、胡適，也是祥麟威鳳，望之巍然。仔細聽去，才知道是湖南人，出身貧苦的農家，所以對柳老師這次帶隊下鄉送書，非常激動，感同身受。

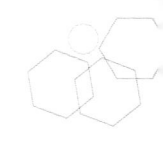

最後是漆永祥發言。知道他是陝西農家子弟，經過奮鬥，現在成了北大中文系副主任。他是研究古漢語的。開始我看見他十分平實，不但毫無官氣，也毫無教授的架子，覺得難得。再聽到他談自己的讀書經過，以及某些學術見解，我不禁肅然起敬，覺得北大到底是北大，這位漆先生不過中年，其貌不揚，腹笥卻這麼富，談吐卻這麼雅，難得難得。

我諦聽著上述幾位的發言，有時也望望台下的龔鵬程先生，見他低眉而聽，圓而微黑的臉上略無笑容，也沒有不耐的神氣。但我很抱歉，他本來不必參加這個會的，只因我想跟他敘談，春蕊把他請了來，偏偏又沒談幾句，倒累他在這裡空坐。我希望今天晚宴時他能參加，我可以好好地和他談一談。

散會後，去用午餐，經過北大圖書館，我正想起「一塌（未名湖邊的白塔）糊（未名湖）塗（圖書館）」這個北大流行成語，也是雅謔，忽然一位三十多歲的人跑過來，拉著我自我介紹：「劉先生，我是江西師大團委書記曹澤華，我們合個影吧。」我連聲說「好，好」，就在北大圖書館前合了一個影。

下午，我沒有參加論壇的分組討論，而是在「萬宜」休息。後來，檀作文君由首都師大來告訴我：本想邀大家去看票友演出的京劇，可是因事停演，只好作罷。談了很久，後來勝奇過來，我們三人一齊步行到北大中文系會議室去，春蕊等還在樓上開會，我們坐著漫談等他們下來。又過了一些時候，敕瑞下來了，邀我們晚宴同一桌，我欣然同意，因為我正想瞭解他本人的治學歷程。

於是等樓上散會後，我們一齊步行到道藝園餐廳。一共四桌，我和敕瑞、作文、勝奇一桌，後來春蕊引了一個年輕人來了，向我說：「您不是要和陸胤見面麼？他就是。」我忙請他坐到我旁邊。我為什麼要會他呢？在家裡時，看春蕊寄來的《藝概》（他主編的學術刊物），發現有陸胤寫的文言文，是論乾嘉學派的，文筆老練，駸駸入古。開始以為是北大哪位老先生作的，一看作者介紹，卻是在讀的博士生，導師是夏曉虹，陳平原的夫人，搞近代文學的。

我心想，陳平原這一輩，怕沒幾個能作古文的。因為我看過一位知名學者的文言文，其稚嫩簡直令人發笑。然而這位學者是讀了許多古書的，從他

## 師友偶記：清史大師手札　　北大之行

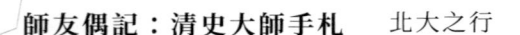

的論著可以看出來。那為什麼寫不好文言文？還是因為缺少童子功。實踐是非常重要的。有的人，作舊詩還行，文言文卻不通。《光明日報》的「百城賦」，其中一篇寫南昌，我一看，好幾處「何謂之也」，作者不想想：「何」是疑問代詞，「謂」是他動詞，「何謂」是動賓結構，但文言文的疑問句一定提賓，所以不能寫成「謂何」。

現代漢語不會這樣，只說「說什麼」。所以，文言文的「何謂也」，就是現代漢語的「說什麼呀」。「何謂」之後怎能加「之」？「之」是代詞，一句裡豈能既用了疑問代詞又用肯定代詞？作者不通，責編、總編也不通。然而陸胤那篇不僅通，而且文筆入古，不是一般的文言文，是古文。

我問他哪裡人，他說蘇州。我說：「怪不得你本、碩、博連讀，北京待了上十年，說話還有吳儂軟語的尾音。翁同龢、潘祖蔭，為同治講書或奏對，都是這樣啊。」他笑道：「樂操土風，不忘舊也。」這是《左傳》鐘儀的故事。我問：「你有家學淵源？」他搖頭：「家父家母文化程度都不高。」我說：「那你真是『醴泉無源，芝草無根』啦。」這時，春蕊插話說：「劉先生，龔鵬程先生來電話說，他另有活動，不能來陪。」我雖有些惘然，但又想，對這類名流學者，點到即止最好。於是繼續和陸胤交談，他說他的畢業論文是《同光間文人之互相交往》，因而提到我的《清詩流派史》。也許出於客套，他表示很讚賞。昨天王達敏點評時曾稱賞此書，陸胤並不知道，他怎麼也提到它？難道北京學術圈子裡真已注意到這本書？

這次晚宴，另一收穫是聽到敕瑞的一席話，知道他何以能留在北大並能評上教授。北大留人要查三代，即大學、碩、博是否名牌大學。敕瑞只讀過井岡山學院的大專，第一條就不夠格。經過費振剛等系領導力爭，指出其學術潛力大，校方才同意了。

這次評教授，三十二人申報，只有他和另一位通過。談到他的發明，他問我《莊子·秋水》的「人卒九州」的「卒」當作何解。我憑以往訓詁學的知識，儘管完全記不得古今人對此字的注釋，但從上下文揣度，我說，「『卒』應為『萃』，是『萃』的本字而非通假字，因『卒』即解『眾』，後人為與『兵卒』之『卒』區別，乃加草字頭以為聚合之義」。

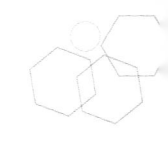

他笑說：「舊注確有此說，但我從佛經的譯文發現更確切的解釋。」於是他詳述他在國外（彷彿是挪威，記不清了）訪學時怎麼從某部佛經（我因重聽，宴會廳又喧嘩，竟沒聽清）得到啟發，獲得確解，已被同行認可。本來以「卒」為「萃」的本字是我的創見，聽了他的新解，以及獲得新解的過程，我由衷佩服，說：「你不愧為教授。將來你在學術上的成就，一定超過戴東原。」他當然謙讓，我卻確信，今天有高科技，中外學術訊息交流又發達，遠勝於抱殘守缺的戴東原時代，敕瑞的跨灶是歷史的必然。

總之，這次晚宴，不但「推潭僕遠」，而且也是文化飽餐。

正當春蕊、勝奇和我三人在外宅閒談，張一南突然進來了。我本不認識她，但她的伯父曾請我給她的詩集作序。所以，經過她自我介紹，我自然熱情歡迎。可怪的是一南這位女博士，她既不向春蕊打招呼，也不和我寒暄，就這麼坐在那兒傻笑。我怕大家僵著，只好和她隨便聊，問她丈夫情況。

等勝奇送一南出去，春蕊和我長談了一次。我問：「你這樣投身社會工作，哪還有時間搞科學研究呢？」他說：「不，我分階段性。這次活動結束了，我就關上門，拔掉電話，專心看書寫作，再也不和外人交往了。」我微笑地點點頭。

第二天中午。敕瑞為我餞別，設筵於湘食記。這館子很精緻。我和勝奇一邊，敕瑞和一位女子一邊。我原以為是胡夫人，他一開口，原來她是他的朋友，姓張，名斌，博士、畫家，畫名小蟬。敕瑞說：「小蟬久仰大名，一定要拜望劉老，所以我陪她來了。」這位女畫家談吐非常高雅，人也明慧秀麗。開始我以為她不到三十歲，她輾然一笑，瓠犀微露，一邊恭敬地送過一本巨型畫冊來，一邊說：「這是我在奧斯陸開畫展的作品，請多指導。」我忙雙手接過，說「感謝之至！一定好好瞻仰。」

隨即展開畫冊，在她的大幅半身照下，文字介紹說，福建福鼎人，1970年生。什麼，40歲了！哪像啊！我問了問她的家庭和孩子情況，她坦率地說：「我沒結婚。」我暗自嘆息：這樣美麗，又是畫家，怎麼會成為「剩女」呢？顯然，又是高不成低不就造成的悲劇。當然，也可能是法國式的獨身主義者，據說法國的男女精英都不願生兒育女，情願獨身。

## 師友偶記：清史大師手札　　北大之行

　　我們一邊吃著，一邊又談起學術問題來。敕瑞說，科學研究的步驟，首先是能發現問題，其次是研究何以有此現象，第三是現象形成過程，第四是對後世的影響。他說：「髮」與「頭髮」從東漢起就分開，東漢前書上只用「髮」字，東漢後就如現代漢語一樣說「頭髮」了。而要有此發現，就得按照上述四個步驟進行。

　　他的博士畢業論文就是這個內容。我懂他的意思。其實東漢後迄今，文言文說「頭髮」仍只說「髮」，口語才說「頭髮」。東漢前書寫工具逼得行文必須簡潔，所以寫「髮」。其後書寫工具越來越方便了，所以單音的「髮」就變成了雙音綴「頭髮」。但斷定在東漢末才起這個變化，它一定還有一個量變的過程。怎樣測定，就得靠高科技從浩如煙海的文獻資料（包括變文和種種民間文學）中去搜索了。

　　他說現在他專門研究大藏經，都是從文獻學、古漢語角度去分析。

　　他說，他最尊敬裘錫圭。自從他負氣出走，去了復旦，北大的古文字學專業簡直報廢了，這是北大當年的校領導所犯的最大錯誤。

　　這點我深有同感。汪少華教授在復旦，就在裘手下工作，對裘佩服之至，並以自己的年終工作鑑定能得到裘的肯定和稱讚，為最大的榮幸，因為裘是極不容易誇獎人家的。

　　敕瑞還說，他在國外訪學時，參加國際學術會議，能用英語發言，和外人交流，不需翻譯。現在正學梵文，以便研究大藏經。還談到真治學者為人一定低調。如一位大學者的弟子，有所成就的都低調，跳踉市朝者，為通人所不齒。又談到北大學人中，能靜心治學者只三分之一，其餘三分之二都是下海賺錢的。

　　最後，他送了一大袋複印件給我，都是發表在《中國語文》《語言學論叢》《中文學刊》上的論文，袋面上寫著：「謹奉劉先生賜教，後學敕瑞。」我接過來，緊握他的手說：「相知恨晚，若早領教二十年，我必能另闢治學蹊徑，也許有此造詣。」他連聲說：「過謙，過謙！」

小蟬畫家臨別時握住我的手說:「再見!」我說:「但願如此,可是,我已實齡八十七,10月15日就進入八十八歲了。」

敕瑞走過來,也緊握我的手說:「春蕊和我已經研究好了,以後要請您來住十天或一個月,以便給研究生個別指導,藉此傳薪。另外,中文系也開設了中華詩詞講習班,也要請您來講課。」

我說:「春蕊昨天也和我談了,謝謝,非常感謝!可是,我以望九之年,力不從心,實已疲於津梁,不堪長途跋涉了。」

在7月6日晚車上,勝奇睡在我對面。聽著床鋪下「車走雷聲」,我閉目默默總結這次北大之行的收穫:

(1) 自己治學所得渺小;

(2) 較深認識真學人與文人之異同;

(3) 胡敕瑞的樸學深度;

(4) 王達敏的深入;

(5) 柳春蕊的事功觀;

(6) 自己體質之異(與周一良比較。《東至周氏家傳》記北大派系之爭甚烈);

(7) 陸胤說讀博主要是方法問題。

附錄:從「文人相輕」談到「學人相重」

中國傳統文化中,士大夫們是重學人而輕文人的。當然,這是秦漢以後,先秦是沒有專業文人的。西漢的揚雄就認為,詩賦是「雕蟲篆刻」「壯夫不為」的(《法言·吾子》)。唐代劉知幾在《史通·自敘》中說:「余幼喜詩賦,而壯都不為,恥以文士得名,期以述者自命。」述者即學人,因孔子自稱「述而不作」。在這點上,「東海西海,心理攸同」,維根斯坦臨終時,回顧一生智力活動,說:「告訴他們,我度過了美好的一生。」清代章學誠在《乙

## 師友偶記：清史大師手札　　北大之行

丙劄記》中引毛奇齡的話：「生文人百，不及生讀書人一。大抵千萬人中必得一文人，而讀書人則有千百年不一覯者。」

在學人中，還要分通儒與俗儒。漢代應劭在《風俗通義》中說：「儒者區也，言其區別古今，居則玩聖哲之詞，動則行典籍之道，稽先王之制，應當時之事，此通儒也。」應劭這話是對孔子的話的闡發。孔子曾說：「汝為君子儒，無為小人儒。」（《論語·雍也》）也是荀子在《勸學》中所說：「君子之學也，入乎耳，形乎動靜，端而言，蠕而動，一可以為法則。小人之學也，入乎耳，出乎口，口耳之間，則四寸耳，曷足以美七尺之軀哉？古之學者為己，今之學者為人。君子之學也，以美其身；小人之學也，以為禽犢。」

嚴格地講，有些學人按上述標準來衡量，是「俗儒」「小人儒」。例如清代的汪中，論思想，論學問，我是崇拜他的。但是他那樣狂傲，那樣喜歡罵人，我是不以為然的。你看洪亮吉在《又書三友人遺事》中所寫，汪中眾中大言：「揚州一府，通者三人，不通者三人。」一位姓劉的舉人，誠惶誠恐地請問他：「汪先生，您看我書讀得怎麼樣？」汪中大聲說：「你不在不通之列。」劉舉人大喜過望。汪中慢慢地補了一句：「你回去苦讀三十年，或者勉強可以希望到達不通的地步」。所以，盧文弨《抱經堂文集》卷三十四《公祭汪容甫文》有云：「不恕古人，指瑕蹈隙，何況今人，焉免勒帛？眾畏其口，誓欲殺之，終老田間，得與禍辭。」

與汪中同時的王鳴盛，也最愛罵人，說劉向是西漢俗儒；李延壽學淺識陋，才短位卑；杜元凱剽竊；蔡九峰妄謬；陳振孫為宋南渡後微末小儒；王應麟茫無定見。且斥時賢顧亭林、戴東原；謂竹垞學識不高。皆見於其《蛾術編》《十七史商榷》（據《陳垣學術隨筆》）。

近代的黃侃和汪中一樣，非常狂傲。和吳梅鬧，影響極壞。他自稱不能為純儒。因為純儒是謙謙君子，如顏回，「以能問於不能，以多問於寡，有若無，實若虛，犯而不校」《論語·泰伯》）。劉文典訓沈從文，這更是學人輕視文人的典型事例。然而劉氏這種行為實在不足為訓。

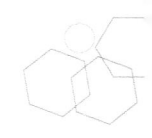

当代的钱锺书先生，也有这种观点。他论人三限：上限，「他通」；中限，「这人还唸书」；下限，「这人不通」。（《传记文学》1995年第1期）这和汪中不是如出一辙麼？

我以上举的例子，都是大学者，文人就更等而下之了。隋末大儒王通，王勃的祖父，在《中说》中评论前代文人，称许极少，大多鄙薄。唐初的王师旦知贡举，黜张昌龄、王公治。太宗问其故，对曰：「二人虽有辞华，然其体轻薄，终不成令器。若置之高第，恐後进效之，伤陛下雅道。」

唐高宗时，王（勃）、杨（炯）、卢（照邻）、骆（宾王），皆有才名，谓之「四杰」。裴行俭曰：「士之致远，先器识而後文艺。勃等虽有文才，而浮躁浅露，岂享爵禄之器耶？杨子沉静，应得令长，余得令终为幸。」其後勃溺南海，照邻投颍水，宾王被诛，炯终盈川令，皆如行俭之言。（《旧唐书》卷八四，《新唐书》卷一百八，本传）袁枚曾为文驳裴行俭，但学术界迄未认可。

对文人的轻视不但是儒家，佛教亦然。《法苑珠林》记：唐代赵文信暴死，三日复甦，自说阎罗王令引出庾信，乃见一大龟，身一头九，作人语云：「我为生时好作文章，妄引佛经，又诽谤佛法，故受此苦。」清代陈《辨疑》说黄庭坚「少作诗多艳语」（《扪虱新话》作「艳歌小词」），秀禅（法秀）诫之曰：「子以艳语动人淫心不止，士大夫笔墨之妙，甘施於此乎？」公於是痛戒绮语。另一书（忘其名）则说法秀说他会下拔舌地狱。

所以，宋代刘挚教子孙，先行实，後文艺，每曰：「士当以器识为先，一号为文人，无足观矣！」（《宋史》卷三百四十）而顾炎武在《亭林文集》卷四《与人书十八》特引他的话，并说：「仆自一读此言，便绝应酬文字，所以养其器识而不堕於文人也。」他在《吴同初行状》又说：「自余所及见，里中二三十年来，号为文人者，无不以浮名为务。」而他是认为：「君子之为学，以明道也，以救世也，徒以诗文而已，所谓『雕虫篆刻』，亦何益哉？」（《亭林文集》卷四《与人书二十五》）

和「文人相轻」现象相反，中国历史上也存在一种「学人相重」现象。

## 師友偶記：清史大師手札　　北大之行

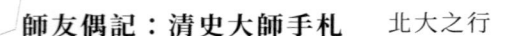

　　拙著《大螺居詩文存》中有一篇《顧炎武的「謙」與錢鍾書的「文人相輕」》，曾發表於《博覽群書》2008年第7期，主要就是談這個問題。可見我對這個問題考慮很久。我是這樣想的：中國的士大夫，從漢以後，服膺儒學者，重踐履，即知即行，知行合一。當然，也有偽君子，如「舉秀才，不知書；舉孝廉，父別居」。那是另一問題。而儒生以外的士人，不受名教約束的，尤其是文人，則形成另外一種社會文化現象，即曹丕《典論·論文》所談的「文人相輕」現象。這一群體以名教為虛偽，以放蕩為率真。其思想源自老、莊的道家學說。

　　然而人類社會是不可能沒有禮法制約的。人性無限放蕩，必定墮入獸性。禮法是人類的理性選擇。社會要正常發展，必須以禮制情。當然，凡事都有個「度」（degree），過度則為「禮教吃人」。但完全毀棄禮法，那就根本沒有人類社會了。我幼時讀《小學集注》，卷六述陶侃語：「老莊浮華，非先王之法言，不可行也。君子當正其衣冠，攝其威儀，何有亂頭養望，自謂宏達耶？」陶侃並非純儒，而是一位明達治道的士大夫，他的話閃耀著理性的光輝。據一些學人的研究（包括我自己），最早是孔子問子貢：「汝與回也孰愈？」對曰：「賜也何敢望回，回也聞一以知十，賜也聞一以知二。」子曰：「弗如也。吾與汝弗如也。」（《論語·公冶長》）其次是《國語·齊語》鮑叔對齊桓公說：「臣之所不若夷吾者五：寬惠柔民，弗若也；治國家不失其柄，弗若也；忠信可結於百姓，弗若也；制禮義可法於四方，弗若也；執枹鼓立於軍門，使百姓皆加勇焉，弗若也。」

　　再其次是《史記·高祖本紀》：「夫運籌策帷帳之中，決勝於千里之外，吾不如子房；鎮國家，撫百姓，給饋餉，不絕糧道，吾不如蕭何；連百萬之軍，戰必勝，攻必取，吾不如韓信。」

　　鮑叔牙和劉邦都是政治家，不是學人，但是他們這種實事求是的精神，歷來傳為美談，後代真正的學人也深受其影響。

　　又其次《後漢書·陳蕃傳》：「『不愆不忘，率由舊章』，臣不如太常胡廣；齊七政，訓五典，臣不如議郎王暢；聰明亮達，文武兼資，臣不如弛刑徒李膺。」

以下是《三國志·魏書·陳矯傳》陳元龍云：「夫閨門肅穆，有德有行，吾敬陳元方兄弟；淵清玉潔，有禮有法，吾敬華子魚；清秀疾惡，有識有義，吾敬元達；博聞強記，奇逸卓举，吾敬孔文舉；雄姿傑出，有王霸之略，吾敬劉玄德。」

然後是顧炎武的《廣師》：「夫學究天人，確乎不拔，吾不如王寅旭；讀書為己，探賾洞微，吾不如楊雪臣；獨精三《禮》，卓然經師，吾不如張稷若；蕭然物外，自得天機，吾不如傅青主；堅苦力學，無師而成，吾不如李中孚；險阻備嘗，與時屈伸，吾不如路安卿；博聞強記，群書之府，吾不如吳任臣；文章爾雅，宅心和厚，吾不如朱錫鬯；好學不倦，篤於朋友，吾不如王山史；精心六書，信而好古，吾不如張力臣。」（《亭林文集》卷六）

下面就是陳康祺《郎潛紀聞》初筆卷八《顧、閻、李諸公之謙》：「百詩先生論人物，嘗稱吳志伊之博覽，徐勝力之強記，自問不如。」李杲堂最心折萬氏家學，嘗曰：「粹然有得，造次儒者，吾不如公擇；事古而信，篤志不分，吾不如季野。」杭大宗亦自謂：「吾經學不如吳東壁，史學不如全謝山，詩學不如厲樊榭。」

學人相重，不但中國如此，西方也有。馬克斯·卡爾·恩·魯·普朗克（1858-1947），他在1918年得諾貝爾獎，是愛因斯坦的知音、導師、鐵哥們兒。另一位馬克斯·馮·勞厄（1879-1960），1914年得諾貝爾獎，他跟愛因斯坦情同手足。《南方週末》2008年7月24日D25版）

我們應當繼承、發揚「學人相重」這一光榮傳統。

曾有人批評我不該批評錢鍾書先生，因為他有恩於我。是的，在拙著《在學術殿堂外》中，我披露了錢鍾書先生給我的信件。他僅憑第一次看到我給他的信，就主動向本單位中國社科院文學所領導推薦我，又向中華書局、上海古籍出版社推薦我。而且在後來的信中也承認是我的知己。這是我沒齒不忘的。在這點上，錢先生可和歐陽修相比。

沈德潛《上大宗伯楊公書》說：「昔歐陽文忠公之好士也，士有一言之合乎道，不憚數千里求之，甚至過於士之求公。」（《國朝文錄》卷三十九

第八頁）清人凌曙《春秋繁露注》前載尺牘四則，鄧立誠書云：「曉樓二兄足下：弟昨在西園，見吳山尊先生，極贊足下所注《春秋繁露》，且云：『頃余在江寧見孫淵如先生，詢凌君甚悉，驚嘆其所注，以為奇士。得一知己，可以無憾，況先生固海內之宗匠，當代之經師乎？子歸為凌君言之，庶益其進取之志也。』弟彼時聞之，驚喜欲泣。歸來已三更矣，匆匆手書以聞，不及待明日也。」

我引上文，以見知己之極可寶貴，我豈有不珍惜之理？但我仍敢於提出異議，實本於事師之道。《禮記·檀弓上》：「事師無犯無隱。」既不要故意冒犯，又不要隱匿其過失。馬克斯·韋伯認為學生對老師的感恩，最好的方式就是超過老師。這可以看出大師的襟懷。錢先生已為我們做出了榜樣，《管錐編》第五冊全是對此書的繩愆糾謬。

最後，我要說明三點：

（1）我強調「學人相重」，強調儒家重在踐履，這正符合本次論壇所揭舉的「知行合一」。

（2）我所說的「文人」，不等於現代的作家、詩人。當然，像顧彬所指斥的「垃圾」，嚴家炎教授批評的《上海寶貝》作者，那是古代文人的惡果。

（3）我們今天的學人應該像顧準，作家應該像魯迅，都首先是思想者。

謝謝大家！

# 劉夢芙

　　劉夢芙先生說，他知道我，是因為看了《江西詩詞》上我的詩。另外，他大概從熊盛元、段曉華兩位處也瞭解了我一些情況。熊、段和我都是江西詩詞學會的常務理事，又經常在一起唱和，相知甚深；他們和夢芙又是好友，自然牽連到我也就成為知交了。

　　瞭解我後，夢芙經常來電話長談，往往半個小時以上；還有來信，密密麻麻，動輒兩三張信箋。透過這些，我感受到他的熱情、誠懇和洋溢的才氣、充沛的精力。

　　他出身書香世家，由於當年「左」的政策，他雖出生於中華人民共和國成立後（1951年生），卻基本上是透過庭訓而自學成才的。他1999年8月調入安徽省社科院文學所工作，而且不幾年就破格提為研究員，一方面是由於《中華詩詞》雜誌社社長梁東先生的專函推薦，更由於他學識淵博，貢獻巨大。他和錢仲聯先生通信始於1988年，曾三次赴蘇州大學拜謁，學術上深得錢老指授。所以，他始終對錢老深懷知遇之恩，並認為錢老的詩詞創作與詩學研究，總體成就都大於錢鍾書先生，一部《二錢詩學之研究》足以證明這一點。承他不棄，囑我為此書作序。現在我抄下兩段話，和讀者共喻夢芙之德之才：

　　夢芙春秋鼎盛，幼承家學，習禮明詩，雖更憂患，而伏案之功益深，且寢饋於詩詞之創作者數十年，久已蜚聲詞苑。技擅雕龍，契舍人之神理；錄成點將，黶記室之品題。當夢苕翁健在時，即嘗親炙，屢蒙指授，稱私淑云。同時於槐聚翁，不第鑽仰，且援事師有犯無隱之誼，觀過知仁，曾不少諱。惜槐聚翁遽歸道山，未及見其文，否則當樂有此諍友矣。今夢芙此書中《石語評箋》，可覆按也。嗚呼！直道不行久矣，乃今得之，可不謂賢乎？

　　這一段，我特別讚歎夢芙既善詩詞創作，又長於理論研究。這在當代是稀有的。尤其佩服他當仁不讓，對錢鍾書先生進行嚴正的批評。「當面輸心背面笑」，這種吳越才人的習氣，我也一直不以為然。夢芙這種批評，真是古道照人。

## 師友偶記：清史大師手札　　劉夢芙

另一段是：

今之後生，喜謗前輩，聞網上有責槐聚翁以阿世取容者，此亦責人斯無難已。夫槐聚翁效方朔之朝隱，其心彌苦，其志彌堅，得其解者，是旦暮遇之也。夢苕翁亦以偶蒙塵垢，屢遭清議。夢芙皆為明其素志，洵道義之交也已。

二錢屢遭評點，錢鍾書先生的出處尤其引人關注。我對這位「文化崑崙」的理解，也有一個不斷深化的過程。要求大師有道義擔當，我看不算苛求。夢芙對二錢的評騭，力求出於公心，絕不阿私所好。這是仁者必有勇，是真正的大勇。

今年（2014）元月，夢芙寄了《陸游的儒家思想與崇高人格——駁錢鍾書論陸詩之說》一文。此其近作，先看「摘要」：

錢鍾書《談藝錄》評陸游詩「好談匡濟之略，心性之學」「大言恫嚇」「誇詞入誕」，謂其畢生抒發愛國情懷的絕大部分詩篇都是「作態」「作假」，如果真讓陸游領兵抗金，必然失敗。然而陸游自幼接受儒家思想教育，憂國憂民，知行合一，其伐金計劃與治國方略皆通察時局，老謀深算，卻不被朝廷採納，終其一生得不到重用，只能在書中抒寫抱負，寄託理想。錢鍾書只讀陸游之詩，對陸游家世、才能和生平行事不作全面深入的考察，以假設、猜想代替事實判斷，厚誣昔賢，違背了治學必需求真求實的基本規律。受「五四」以來西學風氣影響，錢鍾書不關注儒學義理，論學割裂詩文與經史的關係，只識詞章之美，不明至善之道，致有是論。

在瞭解此文的主要內容後，我們來看此文第五部分，看看夢芙是怎樣分析錢氏「妄論」陸詩的根源。現錄原文如下：

錢鍾書作為學人，為何出語輕薄，妄論古賢？這有兩方面的原因。首先是性格與興趣使之如此，其次是受「五四」以來西學風氣的影響。錢氏讀書雖博，學貫中西，但興趣始終只在文學，而經史諸子之書，只是作為研究文學的旁證材料，並不關注其中的義理，對儒家的道德倫理，尤為反感；其論

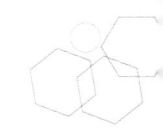

學宗旨，治學方式與乃翁錢基博截然不同。龔鵬程先生目光銳利，早就指出錢鍾書論經史諸子皆不當行。

他雖也論《易經》、論《史記》，等等，但其著作對於整個注《易》解《易》、釋《史記》考《史記》的學術傳統來說，實無足輕重，沒太大參考價值。在那些學術脈絡、學術傳統中所關心的問題，錢先生也不太注意，或不甚理解。因此，錢先生其實並未進入那些脈絡中。用古人的話來說，就是錢先生所論，「雖極天下之工，要非本色」，並不當行。

他固然是在研究經史，但其研究方式和著眼點，僅在經史的文章意味而已。雖然也有一小部分的義理，但主要是一些人情世故的體認和淺顯的哲學雋語；至於那一點點訓詁釋詞本領，更是無關宏旨，不過是藉著訓詁來抒發一下他的文學見解罷了。

也許有人會因為他研究《易經》《老子》等書，卻大談修辭法而感到不耐，認為總是在文字的枝枝節節處打轉，但事實上錢氏的興趣不在彼而在於此，並為我們找到了不少舊角子。其蔽在此，其成就也在此。此即所謂不當行。經學、史學、小學、諸子學、哲學，錢先生均不當行；唯穿穴集部，縱論文學，乃其當行本色，彼亦以此點染四部耳。

錢鍾書讀《左傳正義》凡六七則……以論文之手眼，評析《左傳》文句，並聯想及於中外相關事例，固多快娛心目之說，適可自暴其不通經學之短，竊為先生不值也。

錢先生以博學自負，從不肯自認某處實非所長，且輒以吾不懂者即無價值之姿，出語凌人。其考證作者，固如是也。論詩而薄比興寄託，論經則譏經生不諳文趣，亦皆屬此類。夫論詩動言比興，考證其來歷史事，誠多妄謬，然詩中豈皆無寄託乎？讀詩者豈皆能不知人論世乎？錢先生論詩，精於句剖字釋而罕能知人論世，乃以己之所短，薄人之所長，可乎？論經書史籍，不嫻經義，不知史例，則沾沾自喜其能以詩文小說戲曲證論經文及史事人情，不知此乃別蹊，雖可見奇花異卉之美，顧亦何可自矜於是且譏他人之不如是也？論學，吾甚佩錢先生，而終覺其不真率、不可愛者，即在此等處。

## 師友偶記：清史大師手札　　劉夢芙

六經又稱六藝，是國學的大根大本，故馬一浮先生有「六藝總攝一切學術」之說。唐宋實行科舉制，世人入仕，無不通經；李白不屑於應試，但觀其《古風五十九首》，開篇云「大雅久不作，吾衰竟誰陳。王風委蔓草，戰國多荊榛……自從建安來，綺麗不足珍。聖代復元古，垂衣貴清真……我志在刪述，垂輝映千春。希聖如有立，絕筆於獲麟」，竟以孔子的繼承者自居，詩亦得儒家經學之精髓。

陸游之所以愛國，絕非是一種自發的、樸素的感情，更重要的是源於經學的文化心理。趙翼指出：「其時朝廷之上，無不以畫疆守盟、息事寧人為上策，而放翁獨以復仇雪恥，長篇短詠，寓其悲憤。或疑書生習氣，好為大言，借此為作詩地。今閱全集，始知非盡虛矯之氣也。」並指出放翁不僅僅是十餘歲時早已習聞父輩有關國事的言論，「遂如冰寒火熱之不可改易；且以《春秋》大義而論，亦莫有過於是者，故終生守之不變」。

《春秋》一書微言大義很多，其中重要的一點便是尊王攘夷，用夏變夷。孔子希望華夏諸族聯合抵抗夷狄入侵，進而以中原地區的先進文化改造夷狄野蠻的習俗，實現政治與文化大一統的理想。孔子這種思想，在《論語》中也已表現：「夷狄之有君，不如諸夏之無也。」「微管仲，吾其披髮左衽矣，如其仁。」隨著歷史的發展，《春秋》「夷夏之辨」成為後人所言民族主義、愛國主義的理論依據。

熊十力《讀經示要》即言：「自孔子作《春秋》，昌言民族主義，即內諸夏而外夷狄是也。但其諸夏夷狄之分，確非種界之狹陋觀念，而實以文野與禮義之有無為判斷標準。凡凶暴的侵略主義者，皆無禮無義，皆謂之夷。故《春秋》所謂文明者，不唯知識創進而已，必須崇道德而隆禮義，否則謂之野，謂之夷，等諸鳥獸，必嚴厲誅絕之。」在宋代，沒有「愛國主義」這一現代名詞，但《春秋》嚴於夷夏之防的道理為士大夫所熟知。

陸游志存恢復，即是民族自尊自愛的感情，也是淵源深厚的文化理性。而錢鍾書論陸游詩，一如龔鵬程先生所說，「總是在文字的枝枝節節處打轉」，不嫻經義，也就不識陸游的思想本源；兼以不考史實，不觀陸游為人之全體，唯憑主觀臆斷，其說就必然誣妄、自蔽而不自知。

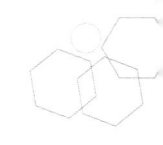

錢鍾書生於 1910 年，童年時代就愛讀小說與詩歌；及稍長考入清華，攻讀西洋文學，再出國留學；抗戰期間歸國，在大學授課亦多為歐西文學。早年發表文章，都是討論中西文學，繼而用現代文寫小說，到二十世紀四十年代始撰《談藝錄》。

　　「五四」期間批判儒學與鼓吹西化的思潮甚囂塵上，儒學經典的神聖性與權威性被徹底解構，科學主義大行其道。「五四」後胡適提倡「整理國故」，便是以所謂科學方法懷疑批判古史，「捉妖打鬼」，古人成為手術刀下剖視的木乃伊，捲入新潮的治學者對本國文化已喪失溫情敬意。

　　這種「用夷變夏」的風氣瀰漫知識界，不能不對錢鍾書產生影響，何況他接受了西方教育。當然錢鍾書未曾一味跟風，仍然喜愛舊詩，不廢文言，力圖在文學方面「通中西之騎驛」，《談藝錄》和寫成於晚年的《管錐編》都是這種思路的產品。然而錢鍾書熱衷於「談藝」，只問詞章，不管義理，只承認詩文的藝術價值，明顯有西方學術分科獨立的影響，造成的最大問題便是見其偏而不見其全，捨其本而逐其末；不但割裂詩文與經史的關係，而且也割裂了詩文本身內容與形式的關係。

　　蓋文學是人學，詩歌重在言志抒情，思想內容與賴以表達的語言藝術水乳交融，渾成一體，何能強分？詩不同於抽象的音樂，也不同於以顏色、線條來顯示美感的繪畫，格律詩章無法脫離思想而單獨存在。詩人情意的真與善確乎有賴於詩藝之美而得以表現，但思想境界之高下往往對作品起決定性的作用。

　　即使有些能詩者無病呻吟，巧於言語，如錢鍾書所云「呻吟而能使讀者信以為有病，方為文藝之佳作耳」，「蓋必精於修詞，方足『立誠』，非謂誠立之後，修詞遂精，捨修詞而外，何由窺作者之誠偽乎？」「我們常常把說話來代替行動，捏造事實，喬裝改扮思想和情感」，「假病能不能裝來像真，假珠子能不能造得亂真，這也許要看各人的本領或藝術」。

　　然而人不可能一輩子掩飾自己，「病」裝得再像，也會露出馬腳來，經不住刨根問底的追究。「聽其言而觀其行」，「知人論世」，結合詩人畢生經歷和時代背景以觀照其作品，驗情感之誠偽，恰恰是治詩者不可少的方法。

## 師友偶記：清史大師手札　　劉夢芙

　　傷時感事之作必須如此研究，方得其真；就連山水、詠物和寫一般生活題材的詩，同樣要關注作者的情志和寄託，僅言詞采，只知表面。錢鍾書張揚詩藝之美，多重言情寫景之作及奇思巧句，斤斤於修辭煉字與詩句如何脫化於某家某派；對愴懷家國、詩中有史的詩避而不談或存而不論，正乃自暴其短。

　　《談藝錄》論杜甫詩，僅言「杜樣」——七律中「雄闊」與「瘦硬」兩種風格，明清名家如陳子龍、錢秉鐙、錢謙益、顧炎武、王夫之、屈大均以及姚燮、金和、康有為、丘逢甲，等等，皆無評議或言之甚少；而指責陸游「大言談兵」，到了不通情理的地步。再看錢鍾書津津樂道的楊萬里，其詩寫山水景物不過是全部作品中的一部分，楊氏之思想本源仍在儒學，只是不像陸游那樣在詩中表現而已。

　　讀者若僅觀《談藝錄》，以為楊萬里只知刻山畫水，「活法為詩」，不知憂國憂民，則大錯而特錯。總之，研究文學，尤其是研究傳統的詩歌，必須著眼於大處，把握文與質合、形與神合、真與幻合、美與善合的整體性原則，兼顧思想與藝術，不走極端，不取片面，力求確實圓融，方為正理。

　　儒學經學，是歷代大詩人思想的核心，道家與佛學雖有濟於儒學，畢竟不是主流；詩論不通經義，則不知詩之根本，傳統詩歌離開儒家的德性義理，便喪失了最高價值。在中國古代詩壇，抽去了儒家思想這一主心骨，詩人不過是一群逃避現實、玩物喪志的犬儒主義者而已。

　　研究陸游生平與詩歌，錢仲聯先生有傑出的貢獻，校注全部《劍南詩稿》85 卷，共 8 冊，近 280 萬字，王蘧常先生嘆為「舉世無人敢措手」。錢仲聯先生參閱了多種陸詩版本與相關文獻，加以校勘、輯佚，考釋多首詩的寫作時地、歷史背景以及詩題中涉及的人物、山川，注釋詩中涉及的地名、人名、典故、僻詞，以及持論之所出、詩句之借鑑前人之處等，並參考陸游文集，「以陸證陸」。

　　編末附錄《寶慶會稽續志》《宋志》及《山陰陸氏族譜》中所載陸游本傳，並自編《陸游年表》；另匯錄各家書目和提要所載陸詩的版本資料，引用書

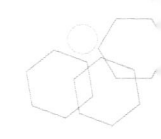

目多達 400 餘種。錢先生獨力完成這一規模宏偉的學術工程，傾注了無數心血，為後人研究陸詩奠定了基礎。

與錢鍾書相比，錢仲聯不通外文，但在國學方面，遠勝於錢鍾書，博通經史諸子，兼及佛道。校注陸詩之外，另有鮑照、韓愈、李賀、吳偉業、黃遵憲、沈曾植詩與劉克莊詞箋注，以及多種詩詞選注、詩話、論集，主編巨著《清詩紀事》，著述多達六十餘種。

在詩詞創作方面，錢先生是近百年詩壇第一流大家，也遠遠超出錢鍾書。拙著《二錢詩學之研究》（黃山書社 2008 年版）對二錢之詩與學多有比較，其中涉及二錢對黃遵憲詩的不同評價，批評錢鍾書論詩不考史之誤，茲不具引。

我和夢芙一樣，對錢鍾書先生的認識，也有一個不斷深化的過程。結論基本上也是一樣的，不過我可能對他的個別問題還有些苛求，超過夢芙對他的批評。後經劉松來、杜華平兩位教授的商榷，才認識到自己這種要求是過於苛刻了。

摘錄完夢芙這大段文章後，我只想說兩點：

（1）陸游匡濟之略，豈必身任將帥？運籌帷幄不可以嗎？

（2）認為心性之學酸腐可厭，就堅持不選《正氣歌》，難道文天祥用行動來實踐仁義，也酸腐嗎？錢先生的《剝啄行》不也是一首「正氣歌」嗎？你為什麼收進《槐聚詩存》裡？

總之，錢先生好作驚人之論，如對陸游、文天祥、黃遵憲，都顯得「好惡拂人之性」。由於自負，「語不驚人死不休」，遂致無實事求是之心。

不過對龔鵬程等先生評錢的看法，我卻不以為然，早就寫過一篇商榷的文章，現也轉錄於此：

我們今天如何對待經史子集

——從龔鵬程、胡文輝評論錢鍾書談起

## 師友偶記：清史大師手札　　劉夢芙

　　胡文輝的《現代學林點將錄》是一部好書，但評議錢鍾書部分，引龔鵬程的話，認為錢氏「固然是在研究經史，但其研究方式和著眼點，僅在文章的意味而已……經學、史學、小學、諸子學、哲學，錢先生均不當行；唯穿穴集部，縱論文學，乃其當行本色，彼亦以此點染四部耳」。胡氏引後，認為龔氏「其意可取」。（第80頁注2）

　　我認為這種評議是不妥當的。

　　經學，自漢迄清，以為它是內聖外王之學。清人焦循說：「經學者，以經文為主，以百家子史、天文術算、陰陽五行、六書七音等為之輔，匯而通之，析而辨之，求其訓詁，核其制度，明其道義，得聖賢立言之旨，以正立身經世之法。」《雕菰樓集》卷十三《與孫淵如觀察論考據著作書》）「立身」即「內聖」，「經世」即「外王」。

　　但是，正如朱熹所說：「千五百年之間……堯舜三王周公孔子所傳之道，未嘗一日得行於天地之間也。」（《朱熹集》卷三六，第三冊，四川教育出版社，郭齊、尹波點校）既然如此，那麼，自晚清廢科舉，開學堂，尤其是蔡元培掌北大後，廢除讀經課程，全國從小學而中學而大學都不讀經了，在這種大環境下，即使錢鍾書幼承庭訓，其尊人錢基博課以經書，也絕不會叫兒子走清儒治經之路。因為很明顯，漢人的通經致用、經明行修，到錢鍾書時代，根本已成為已陳之芻狗，毫無實用價值了。

　　民國以來，是不是有研究經籍的呢？當然有，如周予同、朱維錚，但他們是經學史家，其研究絕非為了「通經致用」「經明行修」。

　　當然，也有馬一浮，還有當代的蔣慶、康曉光、季唯齋，海外還有新儒家，這些人倒真是「通經致用」，打算在中國大陸用儒學來取代馬克思主義。但，稍微有思想，懂得世界潮流的，絕不會贊成開倒車。

　　那麼，作為學術研究，憑什麼非難錢鍾書治學之道呢？

　　四部之學，除經部外，還有史部。現當代學人治史，也不是走舊史家之路，繼續編纂和研究那些帝王將相的家譜，為帝王提供統治術，而是走梁啟超開創的新史學之路。王國維從文學、哲學、文字學始，最後以史學為歸宿。

陳寅恪大半生治史，晚年因目盲腳臏，乃轉而治文學。從未有人非議過他們的治學方式。

至於諸子，民國以來，主要是哲學史、學術史、思想史的原材料。錢鍾書立足文學，把經、史、子的文學意味挖掘出來，供其點染，這有什麼不好呢？何況他還有迥異於舊式學人之處，就是：「從王國維、梁啟超，直到胡適、陳寅恪、魯迅以至錢鍾書先生……他們的根本經驗就是：既有十分堅實的古典文學的根底和修養，又用新的眼光、新的時代精神、新的學術思想和治學方法，照亮了他們所從事的具體研究對象。」（陳平原《中國文學研究的現代化進程》，北京大學出版社1996年版）這正是錢氏區別於舊式學人之所在。

什麼叫「新的眼光」「新的時代精神」？龔鵬程、胡文輝似均未措意，故龔說《管錐編》「主要是些人情世故的體認」；胡更認為《管錐編》可代表1949年以後大陸文史之學的結穴。「蓋此數十年間，政治氣候肅殺，文化界動輒得咎，知識分子唯有從公共思想遁入冷僻學術，亦如文字獄促進清儒由義理之學遁入考據之學。而《管錐編》極材料堆砌之能事，更以簡約古雅的文言出之，拒俗眾於千里，正隱約可見錢氏『避席畏聞文字獄』的心理。」《現代學林點將錄》）又於「張星烺」條說：「洛陽紙貴如《管錐編》，究其實，不亦一高級史料彙編乎？」（同上）凡此皆可見龔、胡二君既未深察錢氏的「新的眼光」「新的時代精神」為何物，又未吟味《管錐編》全書的內涵。

我曾寫文《唯佛能知佛》，收在《大螺居詩文存》內，現移錄有關部分：

《管錐編》成於「文革」十年中，實係透過四部之書，以寓其憂生哀時之嗟……試看其如何針砭現實：

第一冊一百四十頁，引《潛夫論·愛日》「治國之日舒以長……亂國之日促以短」，發揮說，「國治家齊之境地寬以廣，國亂家哄之境地仄以逼，此非幅員、漏刻之能殊，乃心情際遇之有異耳」。以下繁徵博引，無非說明「上下畏罪，無所自容」，「秦世峻文峭法，百姓側目重足，不寒而慄」。

## 師友偶記：清史大師手札　　劉夢芙

　　從中華人民共和國建國起到「文革」結束止，極左政策下，知識分子充滿恐懼感，深刻體會到，只有真正的民主，才能享受到「免於恐懼的自由」。這樣從現實抽象出義理，我就屢屢為之慨嘆：聖人亦得我心之所同然耳！

　　同冊二百三十四頁，引原伯魯不說（悅）學，糾正孔疏，謂「愚民之說，已著於此」。特引宋人晁說之《嵩山文集儒言》：「秦焚《詩》《書》，坑學士，欲愚其民，自謂其術善矣。蓋後世又有善焉者。其於《詩》《書》則自為一說，以授學者，觀其向背而榮辱之，因此尊其所能而增其氣焰，因其黨與而世其名位，使才者顓而拙，智者固而愚矣。」在極左時期，郭沫若、吳晗等的受寵，陳寅恪、呂熒的受辱，究竟誰才誰拙，誰智誰愚？錢氏最後冷嘲說：「即愚民之術亦可使愚民者並自愚也。」看看「四人幫」的覆滅，你不會驚嘆錢氏此言的穿透力嗎？

　　第三冊八百六十二頁，雜引歷史上的「察事」「覘者」之流，斷之曰：「以若輩為之，亦見操業之不理於眾口矣。」又引曹操之言，「使賢人君子為之，則不成也」。更引元人俞德鄰《佩文齋文集‧瑣皁》，說明：「蓋似癡如聾，『群視之若無人』而不畏不惕，乃能鬼瞰狙伺……」又引古希臘執政者欲聆察民間言動，乃雇婦女為探子，「豈不以其柔媚而樂與親接，忘所顧忌耶」？此指斥「積極分子」的彙報，甚至故意引出別人的真話，上綱上線，肆意批判，還記入檔案。

　　同冊八百七十九頁，引「摩兜堅，慎莫言」，「言之殺其身」，而斷之曰：「一典之頻用，亦可因微知著，尚論其世，想見易代時文網之密也。」「反右」和「文革」，以言賈禍，或以文字受難者，不勝枚舉，使人如行荊棘中，動輒得咎。

　　同冊九百二十二頁，從董仲舒《士不遇賦》的「孰若返身於素業兮，莫隨世而輪轉」，錢氏解釋道：「巧宦曲學，媚世苟合，事不究是非，從之若流，言無論當否，應之如響，阿旨取容，希風承竅，此董仲舒賦所斥『隨世而輪轉』也。」924頁又指出：「是以外無圓狀，而內蓄圓機者，同為見異即遷、得風便轉之象。」下面又說這類人「因風易象，無乎不同。腳跟不定，主張不固，迎合趨附之流遂被『順風扯篷』之目」。這對那些風派人物解剖得多麼深刻。

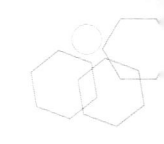

同冊 1008 頁，引崔寔《政論》而申論之，謂「論史而盡信書者，每據君令官告，不知紙上空文，常乖實政」。「上令而仁，上未必施行，下未必遵奉。」「臣下章奏，侈陳措施，亦每罔上而欺後世。」這是說「三面紅旗」時期的浮誇風對全國所造成的災難，也指出了「上有政策，下有對策」。

以上所舉，可見《管錐編》決非「高級史料彙編」，而是既繼承孔子作《春秋》的「微言」，又奉行庭訓「顯言不可以避世，乃託古以明義」（《中國現代學術經典·錢基博卷》）。

關於我們今天如何對待經史子集的問題，經過以上的論述，大家可以得出一個結論：應該繼續走學術現代化道路，像胡適、陳寅恪、錢鍾書等前哲那樣，用追求民主的思想，駕馭經史子集。以古典文學研究而論，研究者必須熟悉經史子集。

因為所有集部的詩文（包括戲劇、小說），那些作者都是飽讀經史子的原典的。克羅齊說得好：「你要瞭解但丁，就必須達到但丁的水準。」你要研究古典文學，對那些文學家所讀過的經典怎能不熟悉呢？

以上是關於夢芙評論錢鍾書貶陸游詩的問題。

夢芙的特點是才氣縱橫，精力彌滿。他不是書齋型的學者，而是事功型的文化人。他使我想起民國時期興辦開明書店的夏丏尊和葉紹鈞，開辦生活書店的鄒韜奮。我私下曾擬之為廣大教化主。《歷代詩話》卷六十一辛集第七頁《放翁》：「王弇州曰：昔人所稱廣大教化主者，於長慶得一人，曰白樂天；於元豐得一人，曰蘇子瞻；於南渡得一人，曰陸放翁：為其情事景物悉備也。」

我稱夢芙為「廣大教化主」，除了他能繼承並發揚白、蘇、陸三賢的優良傳統以外，還特別推崇他在文獻方面的重大貢獻，你看，他整理、編輯了多少套叢書！據我所知，他主編了《二十世紀詩詞名家別集叢書》《安徽近百年詩詞名家叢書》，據其學術簡歷與成果所列，編校二十世紀詩詞文獻叢書共有五十五種。僅就我平時在江西省圖書館文學庫書架上所見夢芙主編、

## 師友偶記：清史大師手札　　劉夢芙

審訂的近代現代當代詩人詞人的別集、合集，就覺得琳瑯滿目，美不勝收。真是「夥頤，涉之為王沉沉者！」

除了主編幾十種叢書，夢芙還主持澄清學風的清議。2006 年 9 月 25 日，他給我寄來一篇兩萬多字的長文，題為《硬傷纍纍，盲目推崇——評劉士林先生〈20 世紀中國學人之詩研究〉》。他毫不客氣地指出，劉文某些觀點，早已被前輩學者所闡明，卻被劉夢溪先生（劉士林的博導）稱為「學術發明」；列舉該文設置所謂王國維詩詞的「基本範式」，以生搬硬套學人之詩，推崇蕭公權詩為「藝術最高峰」，王國維達到「最高藝術水準」，吳宓「最具詩人氣質」，都不合事實，且自相矛盾；而最荒唐的是誤解錢鍾書「與髮妻之唱和」；另外，所引用詩文，錯字達一百三十多處。

據他同函所附信箋說，他之所以寫此文，是受幾位知名學者的委託，認為必須糾正學術界這種浮躁與吹捧之風。這使我想起楊聯陞，他寫過很多糾謬文字，海外學人稱其為「watching dog」，視為畏友（見王元化《九十年代反思錄》）。又如北大的吳小如，人稱「學術警察」。夢芙正是這麼一隻「啄木鳥」。

讀了夢芙評劉士林君一文後，我在 2006 年 10 月 6 日（中秋）日記上寫了如下的話：

《談藝錄》中第 481 頁：「蓋勤讀詩話，廣究文論，而於詩文乏真實解會，則評鑑終不免有以言白黑，無以知白黑爾。」余嘗太息，以為今之中青年治詩論文論者皆此類者也。如某某，誠「勤讀詩話，廣究文論」矣，然以無舊學根底，又不能詩，其所評鑑，唯能皮傅西方詩論，及中國學人所論舊詩之見解，而已初無所見也。

蓋彼固未嘗親炙詩騷漢魏以迄明清各家別集與總集，唯以他人之耳目為耳目，然後傅之以西方之名詞術語，以所謂新觀念新方法震驚俗人耳目。俗人亦從而奉為大師，如群兒之於余秋雨然。

以此為學，其流弊寧有所底止耶？——讀夢芙評劉士林之文，感而記此。且鐘書先生所言「有以言白黑，無以知白黑」，乃就《養一齋詩話》而言，

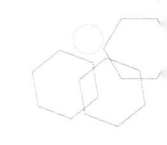

潘德輿之詩學，豈前所言某某所可夢見耶？潘氏能言遺山之白黑，而不知其與簡齋之淵源，故鍾書先生以為不能知白黑也。而此豈可以語於某某輩耶？劉士林固某某之流輩耳！吾讀夢芙先生文，而深慨夫舊學之漸滅無日也！蓋後生日唯馳騖於新說，不復能深根固植於舊學，無本之木，無源之水，而求其為喬木，為巨川，其可得耶？

夢芙對任何人都以道義相交，有如三國魏之司馬芝：「與賓客談，有不可意，便面折其短。」像我這樣的學養淺薄者，居然承蒙夢芙和中華詩詞研究院當代詩詞家別集叢書編委先生們齒及，加以收錄。這已使我既喜且慚，而尤使我感動的，是他在「國學熱」「兒童讀經」等問題上和我的討論。在為拙著《大螺居詩文存》所作序言中，他和婉而明確地對我的觀點提出相反的意見，充分地顯示了「和而不同」的君子之風。

我受五四新文化運動的影響，確實比較偏激，看問題比較片面。其實由於幼讀《詩》《書》，傳統文化已深入我的骨髓。反省平生言行，何嘗逸出儒學範圍，只是總覺得為國家、民族前途計，不可能不實現全面的現代化。而要現代化，政治上必須實行民主，而儒學不可能產生民主觀念。這一點，我和武漢大學劉緒貽先生完全相同。

並不是說孔、孟不懂「民主」這一政治概念，《禮記·禮運》提出「天下為公」，「是謂大同」。可見孔子是志在堯舜之道的。但那是「太平世」之事。凡事不能躐等。儒學有一個特點，重視踐履，即解決當前社會現實問題。按《公羊傳》的說法，孔子生活的時代，是「據亂世」，因而儒學要做的工作，是治理好這個「據亂世」，具體的目標要求，就是君義，臣忠；父慈，子孝；兄友，弟恭；夫和，妻柔；朋友有信。

而當時是怎樣一個社會呢？「臣弒其君者有之，子弒其父者有之。」所以，孔子才提出：「君君，臣臣，父父，子子。」（以下類推）

懂得這道理，也就懂得為什麼「其為人也孝悌，而好犯上者，鮮矣。不好犯上，而好作亂者，未之有也」。沒有犯上作亂的，就因為子孝弟悌，另一邊則是父慈兄友。「求忠臣必於孝子之門」，臣忠，當然君也義。

### 師友偶記：清史大師手札　　劉夢芙

這就是儒學在「據亂世」的政治目標。

懂得這個，也就懂得為什麼兩千多年的皇權專制社會，不論如何改朝換代，甚或外族入主中原，儒學都是官方哲學。

試問，這種儒學怎能產生「民主」觀念？

但是，儒學當然有精華。2013年，我和研究生李陶生學弟合作的《從〈宋詩選注〉不選〈正氣歌〉看錢鍾書的「審美批評」》（發表在《江西社會科學》2013年第4期），就足以說明我的儒學意識。我是一個完全被儒學化了的人。我不認同新儒家，只是因為儒學與民主無關。

至於「兒童讀經」效果如何，2014年9月4日《南方週末》第4版《十字路口的讀經村》（張瑞、張維）、第5版《讀私塾的孩子》（張瑞），我反覆看了幾遍，在文末空白處批了三句話：「怪現狀！」「賊夫人之子！」「救救孩子！」

我堅信，夢芙看了兩文後，一定也會批上這三句話。

# 錢仲聯

　　仲聯先生是現當代大學者，他成為全國第一批博士生導師之一，是鐘書先生推薦的，其學術含金量可知。我知道仲聯先生，是看了他的《人境廬詩草箋注》和《韓昌黎詩系年集釋》，覺得他的學問確實淵博。在我印象中，他和黃節（晦聞）一樣，專門從事詩文注釋，同時自己也創作詩、古文，並取得很大成就。黃、錢不像王國維、陳寅恪那樣，主要寫理論性的學術著作，而詩詞創作則為餘事。

　　1979年9月我來江西師院（後改師大）中文系（後改文學院）工作後，在校圖發現一本《夢苕庵詩存》，是中華人民共和國成立前仲聯先生執教無錫國專時出版的。後來又從舊書店裡買到一本《夢苕庵詩話》。和鐘書先生的《談藝錄》相比較，前者仍屬舊式詩話範疇，後者不但多與西方文論互相引證，而且對種種風格的形成與影響，也有具體而透徹的分析。形式雖然仍屬傳統詩話，而精神實質則已是新時代的文藝批評了。

　　二錢對比，夢芙也承認仲聯先生不如鐘書先生的學貫中西。但是，在中國典籍方面，二錢都是博極群書的，我們後輩無須分別軒輊。鐘書先生由於西方文史哲的陶冶，加上國學修養的深沉，造就了他的睿智；而仲聯先生詩、古文辭，無論數量或質量，鐘書先生一定也是心折的。

　　不過，恕我苛求，正如我不滿鐘書先生主張純藝術鑒賞一樣，對仲聯先生一件小事也有些不以為然。事情是這樣：《夢苕庵詩存》有一首七古《苦熱》（黃山書社2008年9月版的《夢苕庵詩文集》（上）第83頁），與清人沈德潛的《苦熱行》對看，頗多雷同之處。現錄如下：

錢詩：

燭龍呀口絳都破，毒日地獄真無奈。置身宛向煮海中，赤雲崚嶒逼虛座。齋頭汗雨蒸煩冤，門外紅塵迷坰堁。河水戽乾田硬鐵，嗟爾老農亦勞瘏。四城日有暍死人，處處招魂吟楚些。我生猶得企腳眠，不獨自憐還自賀。逃暑

## 師友偶記：清史大師手札　　錢仲聯

喜與蒲葵親，觸熱愁逢褦襶過。銀床冰簟手難著，暫遣晨鐘供睡課。寸腸殷憂死無所，每飯只疑甑中坐。

昨夢忽到姑射山，中有神人抱雲臥。千松拔翠如欲飛，萬花含露不可唾。嗒爾不覺冰肌涼，御風泠然人一個。夢迴依舊身入甕，散發無緣洗塵涴。眼看一片西山雲，涓滴公然居奇貨。岳宮禱雨信有無，杲杲紅日當空大。

沈詩：

長安酷熱真無奈（稧），火傘炎官勢方大。幽燕轉似頭痛山，常有惡風逼虛座。朝堂束帶汗如雨，況復長驅走鈴馱。郁煙處處蒸毒淫，塵塊時時迷堀塿。街頭日有喝死人，五城共報千百個。我生眠食故依然，不獨自憐還自賀。招邀怕赴河朔飲，款謁愁逢褦襶過。

避炎偏受歊炎蒸，盡日煩冤甑中坐。夢魂忽到冷泉亭，瀰淪綠淨不可唾。長松激響翠欲飛，怪石穿空雲可臥。夢迴依舊落此間，散發無緣洗塵涴。起行愁思立中庭，百感迷茫閔勞癉。郊宮禱雨信杳然，新月上弦斜半破。

兩詩佈局、用韻完全一樣，詞句也有許多雷同。以仲聯先生之才，何以如此？1982年我和他通信時，就委婉地點破這事，可他回信避而不談，2008年黃山書社版《夢苕庵詩文集》仍收此詩。我認為這是「英雄欺人」，他以為一般人不會看《歸愚詩鈔》。事實也是這樣，我如果不寫《清詩流派史》，也不會去細讀沈德潛的詩集。不通讀，是不會發現這個秘密的。

仲聯先生是反對「偷」「竊」前人的。《夢苕庵詩話》（齊魯書社1986年3月版）第209頁有一條：

陳獨漉《讀秦紀》云：「謗聲易弭怨難除，秦法雖嚴亦甚疏。夜半橋邊呼孺子，人間猶有未燒書。」此詩傳誦已久。頃閱《袁中郎集》，則竟是竊取中郎。中郎詩為《經下邳》云：「諸儒坑盡一身余，始覺秦家網目疏。枉把六經灰火底，橋邊猶有未燒書。」獨漉為嶺南大家，何不檢乃爾？因此聯想及近日偷詩名手杭人徐某，近又大竊李越縵詩，印成小頁，分寄友朋。此君殆以世人皆無目者耶？何不以陳獨漉為藉口，更可放膽而竊，呵呵。

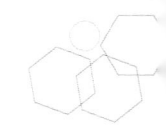

袁中郎（名宏道）生卒年不詳，1602年（明萬曆三十年）前後在世；而陳獨漉（名恭尹）1631年（明崇禎四年）生，至1700年（清康熙三十九年）卒。兩人雖非同時人，也是相距密邇，公安派又大名鼎鼎，陳氏潔身自好，未必遽向中郎集中作賊，據我揣測，絕大可能是無心暗合。仲聯先生對沈德潛，那可是贓證俱在。

　　這樣出爾反爾，使我聯想到抗戰時期仲聯先生參加汪偽「國府」，實非偶然。我這不是深文周納，故入人罪，今年（2014）《文學評論》第4期解志熙的《「默存仍自有風骨」——錢鍾書在上海淪陷時期的舊體詩考釋》一文，對龍榆生、冒孝魯、錢仲聯等附逆文人口誅筆伐，嚴於斧鉞。我有一名研究生說，錢在聊天時說，如果不是日本很快投降，他可以升次長了。

　　可見他對自己這段歷史還是津津樂道的。夏承燾《天風閣學詞日記》多處寫到解放後錢氏狼狽異常的情形，雖摯友亦不能為諱。因為這不是可以出入的小德，而是不可逾閒的大德。無怪乎劉衍文老先生在其幾種著作中大肆譏彈。我讀了錢氏當年挽汪精衛的幾首詩，實在不能不奇怪，像錢仲聯、冒孝魯、龍沐勛（榆生）這些才人，為什麼會這樣不明大義，甘心附逆？過去聞一多曾怒斥汪精衛、鄭孝胥、梁鴻志、黃濬（秋岳），說舊詩作得好的都是漢奸（大意）。這當然是偏激之辭，但我們確實不免興嘆：「卿本佳人，奈何作賊？」

　　我不瞭解真相，可能仲聯先生陷溺不算太深，共和國還是充分發揮了他的特長，讓他做出了應有的貢獻。這是他的幸運，也是中華傳統文化之福。

　　安徽劉夢芙兄嘗親炙錢老，甚蒙賞識，著有《二錢詩學之研究》一書，於仲聯老特加推崇，但對鍾書先生的《剝啄行》更讚揚備至，認為這種拒絕汪偽國府說客的大節，是民族正氣的表現，值得繼承和發揚。（順便說一句：解志熙文大力表揚鍾書先生的氣節，卻沒提到《剝啄行》，不知何故。）

　　我於二錢，都曾通函請益，也均蒙矜寵，皆有知遇之恩。學識上雖更尊鍾書先生，但也和夢芙一樣，不滿其某些言論，覺得這位「文化崑崙」總愛作驚人之論，即如《乾嘉詩壇點將錄》作者問題，他偏要根據貝青喬一詩題，

**師友偶記：清史大師手札**　　錢仲聯

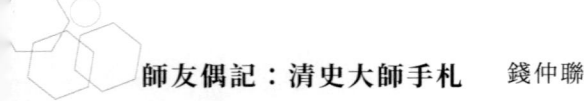

而疑為葉廷琯所作（詳見劉永翔教授《〈乾嘉詩壇點將錄〉作者考實——為錢鍾書先生袪疑》一文，刊於《華東師範大學學報》2014 年第 3 期。）

　　對於仲聯先生，我同意夢芙的意見，在中國傳統文化的修養和詩文創作的造詣方面，是很少人能企及的。

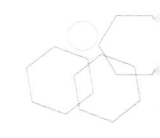

# 關於宮體文學的論爭

詩案烏台遍九州，派分七月柱累囚。

風懷宮體甘違俗，年譜稗畦可寫憂。

白水同盟雄太學，青山獨往避名流。

我同太僕嗤庸妄，一例異趣似鳳洲。

2011年6月8日《文彙報》第5版「新聞點擊」特大標題《斯人已去斯文長存——復旦師生追憶昨天逝世的章培恆先生》，使我大吃一驚：章君就走了！

我和他並未識面，但神交已久。這份幾十年的神交，內容其實單純：既讚賞他的《洪昇年譜》和他與駱玉明君主編的《中國文學史》，也對他某些論點頗不以為然。

上面那首七律概括了我和他之間的重要事實。

（1）胡風集團冤案，株連甚廣，捕風捉影，草木皆兵。章君後來的自傳曾談到這個問題，我看了後，深表同情。朱東潤先生是他的恩人，把他留在中文系資料室工作，並安排蔣天樞先生指導他打下較紮實的文史根底。我對朱先生很尊敬，因而對他所契重的人，也就愛屋及烏。

特別是看了《洪昇年譜》後，對他更有好感。「文革」中毀了我兩代藏書，折合銀元不下四五千元，因而「文革」後我再不買書。可是看到《洪昇年譜》，我還是破戒買了，並在扉頁題了一段話：

余舊蓄《稗畦集》，雖蹊徑各殊，賞心未足，顧以兒時從《兩般秋雨庵隨筆》知洪先生「可憐一曲《長生殿》，斷送功名到白頭」事，嗟文人之多厄，因並其詩亦取以備覽。今夏返章門，獲此年譜。作者考求佚事，用功甚勤，而搜討群籍，非恆輩所敢冀也。非然者，羽琌一傳，豈遂艱難若是哉！

歲在己未年初夏青年節之又次日，世南叟

**師友偶記：清史大師手札**　　關於宮體文學的論爭

當時我還沒有進入江西師大中文系工作，所以非常羨慕章君能充分利用復旦的資料；不像我，早就想寫一部《龔自珍評傳》，卻僻處鐵河，毫無資料。

（2）我跟章君發生爭論，是由於他欣賞齊梁宮體詩，意圖提高它在古典文學史上的地位。我認為這種翻案文章大可不做，於是寄了一篇商榷文章給《復旦學報》編輯部。文章倒是刊布了，編輯按語卻特別聲明，發表我文，是徵得章君同意的。那種居高臨下的口氣，使心高氣傲的我，火冒三丈。看到下一期他的答辯，仍然堅持己見，而個別人又在旁邊冷言冷語，似乎我是企圖以罵名人而求出名，章君的答辯是抬高了我。我對章君的古籍修養水準是一目瞭然的，還是寫第二篇文章進行商榷。再寄《復旦學報》，它不登了，我就投給本校（江西師大）學報發表。不久，《人大複印資料》全文轉載，包括章一篇、我兩篇。

又過了二十一年，章以主持人名義支持徐豔的《「宮體詩」的界定及其文體價值辨思——兼釋「宮體詩」與「宮體文」的關係》一文的論點，實際也是章君的論點。（《復旦學報》2009年第1期）我於是寫了一篇《論「宮體」文學的發展與影響》，先發在《江西師大學報》2009年第6期，又收入拙著《大螺居詩文存》（黃山書社2009年第1版）。我留心查閱了以後每一期的《復旦學報》，再沒有這類文字了。而章君在「主持人的話」中，本來是認為徐文是對「宮體詩」的「嶄新認識」，「必將導致對南朝文學的價值和歷史地位的重新思考」。

我對自己這篇批判文章最滿意的地方，是指出了駢文的發展歷程的日益散文化，亦即日益與古文合流。這其實反映了文學的一種發展規律，即日益口語化，因為只有這樣接近口語，才能更完美地說理、敘事、抒情。我之所以說「接近口語」，是因為純粹的口語是冗長的、瑣碎的、重複的，必須提煉，使之精練。可見五四新文化運動的出現，正是漫長的文化發展規律的合規律性與合目的性的體現。

章君逝世後，有的紀念文章中提到他「語不驚人死不休」，這和司馬遷的「好奇」同樣可貴。但我認為，好奇必衷於理，不能為好奇而好奇。章君故意為駢文翻案，就是好奇之過。章君個人喜愛小說，試問中國小說的發展

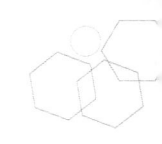

史上，為什麼只有《蟬史》和《燕山外史》，而且終於滅絕？文論史上只有《文賦》和《文心雕龍》，到劉師培的《中國古代文學史講義》，就繼起無人了。即使《文選》名家李詳（審言），他也不以駢文形式來論詩文，其故難道不應深長思之？

所以，我對章君的評語是「質美而未學」。錢鍾書先生也好奇，但其奇生發於豐富的學力。唯其學力深厚，所以識力卓越。章君則反是。到他這一輩，無論國學、西學，比起陳寅恪、錢鍾書，甚至顧頡剛、楊聯陞來，真是培之於泰山！

附錄：一次座談會上的發言

從文學觀念談到創作與評論

文學觀念無非兩種，不是「為人生而藝術」，就是「為藝術而藝術」。魯樞元等說成「向外轉」與「向內轉」；劉心武把前者說成「精英意識」，把後者說成「綠洲意識」。

我和章培恆先生的爭論，實質就在這裡。最近公劉和洪子誠、老木的爭論也是這個問題。這就是政治和文學的關係問題。這個問題中外古今一直在爭。

五四時期倡導「走出象牙之塔」，「走向十字街頭」；薩特強調只有為了別人，才有藝術；只有透過別人，才有藝術。這和克羅奇的文藝思想恰好相反。因此，薩特堅決反對為藝術而藝術，主張有傾向性的文學。

正如洪子誠所說：「這個古老的問題好像已經解決，實際上仍是我們驅趕不去的夢魘。」

我們不是搞創作的，但不管研究古典的、近代的或當代的，教學上都要向學生講批判繼承。究竟我們繼承什麼遺產？

主張「為人生而藝術」的，重視民生疾苦，充滿憂患意識，以文藝為武器（即工具）。

# 師友偶記：清史大師手札　　關於宮體文學的論爭

主張「為藝術而藝術」的，則強調文藝只表現個人情緒，表現自己最喜歡的審美趣味。因而淡化現實，甚至遠離現實，取消作家的社會責任感、歷史使命感。

章文的主要論點：

「不要現實主義」，不要社會責任感。他把「現實主義」與「為政治服務」劃等號，認為為政治服務的作品一定失敗；而在封建社會裡，則作家越有社會責任感，越有利於封建統治，因而白居易的刺時詩與諷喻詩，不如《長恨歌》《琵琶行》；我校文學院同事胡凡英老師在復旦進修時聽章講課，貶低杜甫。這就使我們思考：究竟繼承什麼遺產？只繼承「空靈」「玄遠」的作品與齊梁唯美文學（宮體詩）行嗎？

要寫超階級的人性，肯定個人慾望，文學創作不是為了滿足社會的需要，而是為了滿足自己，獲得心靈上的快感。因此，他認為六朝唯美文學（宮體詩）比起強調功利性的文學是一種進步。同時，他主張文學創作不應緊貼現實，而應引導讀者在更高一個層次上思考，即文學與哲理的結合。

我反駁他：文學是人學，人不僅有自然性，即生物性，還有社會性。文學作為人學，是寫人的社會性，而不是寫其自然性。所以，不應強調文學只應寫超階級的人性。個人慾望符合人民大眾的慾望才值得肯定。脫離現實，抽象肯定個人慾望，甚至極端個人主義慾望，那是不對的。創作只滿足自己，只為自娛，古代並無其事。

當代近年出於對「文革」的反動心理，這樣做了，結果純文學失去轟動效應，報導文學風行。唐達成指出：「報導文學熱潮的崛起，不是偶然的⋯⋯隨著改革的深入，人們對於這種急速變化，和出現的許許多多社會現象、社會問題，為了認識它，瞭解它，適應它，就特別需要透過各種渠道來獲得社會的訊息，需要從這種變化中，進一步思考我們國家和民族發展的前景，思考生活的意義，思考人生的價值。

報導文學正是以它的切近現實，面對人生，開拓視野，開發思維，密切結合廣大群眾所迫切關心的各種各樣的『焦點』為特色，緊緊抓住了人們，

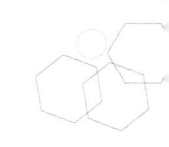

吸引了人們。」當然,報導文學現在已深化了,它「最深刻的批判不在對某個政治或社會問題的揭露,而在解剖民眾生存心態」。我們贊成文學與哲理的結合,作品是應引讀者在更高一個層次上進行思考。

但章文論述錯誤,阮籍、陶淵明的哲理詩並非悲觀哲學,李澤厚、劉綱紀《中國美學史》第二冊上說得對:「從漢末至魏晉,既產生了對人的存在和價值的痛苦的感傷和思索,但又並未完全墮入悲觀主義,仍然有著對人生的執著和愛戀。」就是阮籍有悲觀情緒,也是現實政治的產物,而不是什麼「以個人為本位」「為自己的生命即將結束而悲哀」。

再回到「創作只滿足自己」上,據說八十年代的年輕詩人,如先鋒派的北島等,都是主張與政治絕緣的,做得到嗎?北島真名趙振開,他牽頭搞簽名運動,又為方勵之未能出席布希答宴而發表意見。

老木(劉衛國)一邊叫喊「詩歌獨立」,一邊參加簽名運動。最有意思的是《隨意道來》得一等獎。至於唯美文學比杜甫、白居易詩進步,楊明等論文無非說它對唐詩工筆描寫景物有借鑑作用,其實唐人全從鮑照、陰鏗、何遜、庾信(非宮體作)等人學習詩歌技巧。

我和章的爭論,說明文學如長河,古、近、現代不能割斷,而章文出現與當代文藝思潮有關。

如對嵇康、阮籍、陶淵明等人作品如何分析,我認為「都是當時政治的產物,不是超政治、超現實的『自我意識的加強』『對個人的價值的新的認識』」。我文發於1988年第一期《復旦學報》,而公劉在1988年第四期《文學評論》上發表《從四種角度談詩與詩人》,也說:「嵇康、阮籍、陶潛、王維等人的若干空靈、玄遠、難以索解卻膾炙人口的名篇,豈不正是彼時彼地的『政治』產物麼?為什麼要避禍遁世?是因為政治;為什麼要放浪買醉?是因為政治;為什麼要嘯傲山林?是因為政治;為什麼要躬耕隴畝?是因為政治。這一批因唾棄政治而為歷代知識分子仰慕的大家,他們的『詠懷詩』『求仙詩』『田園詩』『山水詩』,無一不是主觀上企圖淡化『政治』,而終於不自覺地讓政治變成了心靈屏幕上反射出來的折光。不錯,從字面上看,這些詩的確和政治保持著遙遠的距離,遙遠得簡直達到了無慾無求、超然物

**師友偶記：清史大師手札**　關於宮體文學的論爭

外的境界，然而，透過紙背體會，哪一首不恰恰又是對黑暗的封建政治的控訴？……既然明明生活在政治氛圍之中，卻偏要創造真空，那只能是徒勞無功白費勁而已。」

最近逝世的鮑昌（中國作協書記處常務書記）在《當前文學發展趨向和存在的問題》一文中指出：「嚴肅文學自身存在許多問題，如作家的社會責任感越來越弱，忽視讀者的要求，追求在空靈、超然、夢幻中表現純粹的自我，或逃避社會矛盾，熱衷於寫『杯水』風波。一些作家與生活拉開了距離，以『尋找自我，返回自我』為口號，不斷賣弄技巧。」請注意，他談的是當代文學，而移以評章文，不正是如此麼？

劉心武談兩種意識，他的自我解剖，正可證明嵇、阮、陶、謝等避世之作的成因。劉文見《文學報》1989年3月2日。他先解釋什麼叫「綠洲意識」：「有些作家在爭取『私人空間』的自由，維護獨立的人格與心理，在行動上表現對社會的淡漠，對理想的嘲諷，對責任與道德的鄙夷，在文學上走向唯美，走向沙龍、先鋒、前衛。」他說，綠洲意識的作品「只在圈內哥兒們在互相激賞和評價」。

劉心武說：「我的參與意識強，一貫的氣質不僅關心文壇，而且關心文化界，關心國家和民族的命運，篤信『國家興亡，匹夫有責』。只是由於明明是良性參與，卻有人大動干戈。我並不怕打擊，但創作情緒常被破壞，也使我想回到『綠洲』上去。」

我從不反對作家寫出自己的個性。拙著《清詩流派史》最重視「詩中有我」，而反對王士禎的「詩中無人」。因為劉心武說：「文體革命最根本的一點是每一個作家都認識到自我，徹頭徹尾地做到我說我自己的話。」（《面向新的文體革命》，見《上海文論》1989年第一期）劉再復說：「為自身立言，並不是自我中心主義的反社會的病態人格，而是自身對國家、對人類都有一種終極關懷的社會性健康人格，也就是對歷史責任和對國家、人類負責的主體性人格。」

我完全贊成他們倆這種意見，應該這樣談主體性。正確的文學研究方法應該像劉再復在同一論文中提到的「堅持社會歷史批評方法的批評群體，他

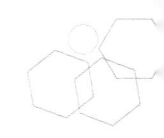

們的批評文章一方面仍然注意時代政治、經濟、文化背景對文學的影響，另一方面開始注意文學主體性對歷史的選擇……這些批評家儘可能把歷史的尺度和美學的尺度結合起來」。看來劉再復正在修正自己過去的片面看法，最新《文論報》崇杰一文及最新《人民文學》一篇關於劉再復的報導文學可以看出此中端倪。

章文在文學與政治的關係這一點上最反對我，我卻完全同意公劉的看法。李存葆也宣稱：「我信奉古人的『文以載道』『志在兼濟』，不喜歡做無病呻吟的文章。我覺得文學不僅僅是一種花瓶式的點綴，也不僅僅是茶餘飯後無傷大雅的奢侈品。作家應該具有深刻的憂患意識，這個意識深沉博大，崇高莊嚴；它凝結著真善美，寄託著對人類理想的冥冥追求；他的文學應該是面對社會，面對人生，面對全人類的。」他引福克納的話，而福克納指出，忘記人民，脫離現實的作品，「不是人的靈魂，而是人的內分泌」。

然而洪子誠因噎廢食，因為當代詩人過去寫了讚頌不該讚頌的、抨擊不該抨擊的政治性作品，就主張淡化政治，而提出「詩的詩界」。他的《同意的和不同意的》發表在 1989 年第一期《文學評論》上。把他那長串定義說坦直些，無非就是逃避現實。他也談到嵇、阮、陶、王「若干空靈、玄遠」的作品，他比章培恆明白，同意從政治角度說，公劉說得對；但他又說：「從詩的獨特領域看，則正表現了這些詩人從現實人生出發（這也比章明白），對人的內心精神價值的尋求，對一種理想人格和理想的情懷的構想。」其實不仍然是從政治角度說？

因為「理想人格」「理想情懷」，不就是阮籍、嵇康、陶潛等「抗身青雲中，網羅孰能制」（《詠懷詩》之八十一）、「不戚戚於貧賤，不汲汲於富貴，忘懷得失，以此自終」（《五柳先生傳》）麼？這仍然是政治的產物。至於說人類的詩的歷史就是「企望超脫有限生命的人們的精神探求，重建有意義的世界的歷史」，這不又回到政治上了嗎？「有意義的世界」不就是平等、自由、人人享有充分民主權利的世界嗎？所以，洪文拚命想甩脫政治，「維護詩的自主性」，結果正如魯迅所自嘲的：一個人抓著自己的頭髮向上跳，想離開大地。

**師友偶記：清史大師手札**　關於宮體文學的論爭

　　如果說洪文還承認詩人要面對現實，面對人生，那麼老木則公然宣稱，詩「與政治、現實無關」「不是戰鬥的武器、鬥爭的工具」。他在《詩人及其時代》（見《文學評論》1989 年第一期）一文中說，詩歌是一種形式的東西，詩人是形式的主人和奴隸。「一個真正的詩人，處在任何一個時代，他僅僅為自己歌唱……他不考慮人民的疾苦，政治的黑暗。」因此，他鄙薄杜甫的《石壕吏》，說那在詩歌藝術上不能算一首好詩。他說屈原是真正的詩人，「屈原的詩歌能夠流傳至今」，不是由於他關心了民生疾苦、民族復興，而是由於他創作的詩篇……是一個天才的靈魂和才華，語言的、形式的才華。

　　「屈賦好，因為有才華。而這才華是語言的、形式的才華，與內容無關，他寫得多麼好呵！」好就好在形式美。那麼，「天才的靈魂」又是什麼呢？他說是「上帝的神性」。他引了另一位青年詩人韓東的話：「詩人是上帝的使者，發揮著他那不可多得的神性。」

　　我同意張炯的看法：「強調主體，強調自我表現，在藝術創作中有它的合理性。但過於強調，以至不能正確處理主客體的關係，不能讓廣大群眾參與到時代現實生動活潑的脈搏中吸取生活的源泉，吸取創作的靈感和激情，而一味『向內轉』，一味迷醉於自我感覺、自我精神世界的開掘，這就往往導向創作靈感的枯竭，導向創作內容的蒼白貧乏，導向作品於時代與讀者的疏離。」

　　張炯指出：「為數不少的作家和作品由於一味自我表現，而自我又與現實生活沸騰而廣闊的大潮相隔絕，也就不能不表現出題材狹窄，主題貧乏，情感浮泛。有的矯揉造作，無病呻吟；有的反覆詠唱小己悲歡，花花草草；有的求助於無人物、無情節、無主題，模糊淡化，讓讀者不知所云；有的更標榜『反理性，反知識，反語法』，主張回歸到『前文化狀態』……這樣的作品儘管作者自炫為『藝術』，為『主體創造性』的『高揚』，讀者正棄之而去讀更有時代氣息的紀實文學。」《文學創造和研究的新格局》，見《當代文壇》1989 年第一期）

　　綜上所述，可見章培恆先生和我對魏晉六朝文學評價的爭論，絕非偶然，乃是一股文藝思潮在新時期的反映。所謂主客體之爭，所謂「向內轉」「向

外轉」,其實還是老調重彈:究竟是「為人生而藝術」,還是「為藝術而藝術」,我看,答案是自明的。

**師友偶記：清史大師手札**　　龍榆生與錢鍾書

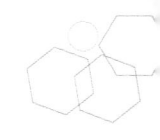

# 龍榆生與錢鍾書

龍榆生的《忍寒詩詞歌詞集》，是他去世後由兒女和門人編輯，2012年12月在復旦大學出版社出版的。我感興趣的，是他有幾首和錢鍾書有關的詩詞，可以看出錢參加英譯《毛選》工作，在一些老知識人中的巨大影響，有非我們普通人所能想像的。

1953年（癸巳）有《癸巳中秋風雨，有懷錢默存教授（鍾書）北京》：

待捧銀盤上晚林，黏天風雨作秋陰。蛩吟向壁如相泣，藥裹關心恐不任。莽蕩乾坤供嘯傲，縱橫簡冊恣披尋。漫郎合贊中興業，佇聽雲山韶濩音。

一、二句寫中秋風雨；三、四句寫自己愁病交加；五、六句想像錢的政治得意，參加英譯《毛選》工作；七、八句以元結比錢。漫郎，即元結，唐肅宗時人，曾任道州刺史，杜甫有《同元使君舂陵行》讚美他。元結被一般士大夫稱為漫郎，曾作《大唐中興頌》，又有句云：「停橈靜聽曲中意，好是雲山韶濩音。」故此二句謂錢如元結一樣歌頌中華人民共和國的成立，龍氏等著看錢的杰作。

1954年有《次韻冒叔子景璠兼懷錢槐聚（鍾書）北京》：

花時何遽怨春遲，冷暖由來只自知。待振天聲張赤幟，枉思公子從文貍。湘靈賦罷規房杜，水繪園荒雜惠夷。看化雲龍追二子，石渠麟閣是歸期。

一、二句用比的手法說明中華人民共和國遍地春光，只有自己感受不到（次句用佛經「如人飲水，冷暖自知」）。第三句用班固「振大漢之天聲」，說自己也想為中國社會主義做宣傳。第四句用屈原《九歌·山鬼》，以山鬼比冒、錢，說他們倆「乘赤豹兮從文貍」。

而自己呢，「余處幽篁兮終不見天」，「思公子兮徒離憂」。加一個「枉」字，是怨冒、錢只顧本身得意，不肯提挈自己。

第五句用唐人錢起賦《湘靈鼓瑟》（末句「曲終人不見，江上數峰青」），點出中書君的姓，又用「規房、杜」寫中書君將如房玄齡、杜如晦之佐唐太

宗成就一番偉業。第六句用「水繪園」，明末清初的冒襄（辟疆）的私家園林，點出冒（冒景璠即冒襄後裔）字。

「惠、夷」指柳下惠和伯夷，孟子說柳下惠是「聖之和」，伯夷是「聖之清」，「雜惠夷」，讚美冒景璠又和又清，像孔子是「聖之時」。

第七、八句以韓愈、孟郊雲龍相逐，比喻冒、錢將在中華人民共和國的文化、宣傳工作中建立豐功偉績。石渠閣，漢宮中藏書處。漢宣帝曾與諸儒講論於此。麟閣即麒麟閣，漢宣帝圖繪功臣之所。

由於龍氏的詩對自己期望值太高，錢鍾書大為不安，於是我們看到附《忍寒先生寄示端午漫成絕句》，讀之感嘆，即追和前年秋夕見懷詩韻奉報，聊解幽憂，並酬雅意（一九五四年，錢鍾書）》：

知有傷心畫不成，小詩淒切作秋聲。晚晴儻許憐幽草，末契應難托後生。且借餘光鄰壁鑿（謂吸取蘇聯先進經驗也），敢違流俗別蹊行？高歌青眼休相戲，隨分齏鹽意已平。

首二句說，我瞭解您龍先生由於和汪偽國府的關係，一直鬱鬱不得志，所以，來詩非常淒切（第一句從前人「一片傷心畫不成」化出）。第三句用劉禹錫「天意憐幽草，人間重晚晴」，意謂儘管古人說大器晚成。第四句用杜甫「晚將末契托年少，當面輸心背面笑」，意謂您現在雖然力求趕上時代，可是一般後進都是當面敷衍，謬為恭敬；背後卻冷嘲熱諷，笑你太不自量。第五句本用《國策》貧女借諸女餘光做女工，每天以打掃衛生為報償，自注卻說是學習蘇聯，一邊倒。連接第六句是，我錢某人只能隨大流。所以，最後一聯說，你說什麼「青眼高歌望吾子」，別開玩笑了，根本不是那麼回事，我只希望粗茶淡飯，了此一生，就心滿意足了。

《得榆生先生金陵書並贈詩，即答》（一九四三年，錢鍾書）：

一紙書伸漬淚酸，孤危契闊告平安。塵多苦惜緇衣化，日暮遙知翠袖寒。負氣聲名甘敗裂，吞聲歌哭愈艱難。意深墨淺無從寫，要乞浮提瀝血乾。

此詩也收在《槐聚詩存》裡，題目改為《得龍忍寒金陵書》，時間是1942年。另有一首七古《剝啄行》，今天兩詩合看，是非常有意思的。

《剝啄行》：

　　到門剝啄過客誰？遽集於此何從來？具陳薄海苦鋒鏑，大力者為蒼生哀。舊邦更始得新命，如龍虎起風雲隨。因餘梁益獨嵎負，恃天險敢天公違。張銘譙論都勿省，卻誇正統依邊陲。當年蛙怒螳螂勇，堪嗤無濟尤堪悲。私門出政賄為國，武都惜命文貪財。行諸不義自當敗，冰山倒塌非人推。迂疏如子執應悟，太平興國須英才。我聞謝客蹶然起，罕譬而喻申吾懷：東邊昔歲道交趾，餘皇銜尾滄波湄。樓船穹窿極西海，疏櫺增檻高崔巍。毳旄氈蓋傅蠟板，頗黎窗罽流蘇帷。金渠玉鑒月爛掛，翠被錦裯雲暖堆。

　　大庖珍錯靡勿有，黿胹鯨膾調龍醢。臨深載穩如浮宅，海童效命波蹊開。吾舟逼仄不千斛，侍側齊大殊非儕。一艙壓夢新婦閉，小孔通氣天才窺。海風吹臭雜人畜，有豕彭亨馬虺隤。每餐箸舉下無處，饑猶餓虱嗟身羸。船輕浪大一顛蕩，六腑五臟相互回。鄰舫呂屠筆難狀，以彼易此吾寧為。彼舟首方西指，而我激箭心東歸。

　　擇具代步乃其次，出門定向先無乖。如登彼岸唯有筏，中流敢捨求他材？要能達願始身托，去取初非視安危。顛沛造次依無失，細故薄物何嫌猜？豈小不忍而忘大，吾言止此君其裁。客聞作色拂袖去，如子誠亦冥頑哉！閉門下帷記應對，彼利錐遇吾鈍椎。此身自斷終不悔，七命七啟徒相規。

　　先看 1942 年《得龍忍寒金陵書》那一首七律。龍那封信現在我們看不到了，但從錢的這首詩看，大概是龍在向錢訴苦，說汪偽政權內部傾軋、自己受排擠的苦惱。第一聯說龍的來信一把辛酸淚，非常孤立，非常危險，分別以來，只能報一個「平安」，其他乏善可陳。二聯上句用陸機「京洛多風塵，素衣化為緇」，明說汪偽政權汙濁不堪，下句用杜甫「天寒翠袖薄，日暮倚修竹」，說龍孤立、危險。

　　三聯上句批評龍為了一時政治上負氣，自毀名聲，甘心附敵，不顧萬世唾罵。下句說現在你搞得欲哭無淚，狼狽不堪，這能怪誰？末聯上句錢表示要勸龍及早回頭，但這層深意很難表達。下句用王嘉《拾遺記》「浮提國獻善書二人，肘間金壺四寸，有墨汁灑地及石，皆成篆、隸、科鬥」，意謂自

己要找到浮提國那個銅墨盒，把自己的鮮血變成墨汁，用這血汁寫信勸你一定要猛醒，回頭是岸。

怪得很！第二年（1943）卻發生了南京汪偽集團派人來拉錢下水的事，不知和龍有沒有關係？此詩劉夢芙先生在《二錢詩學之研究》第 155—157 頁有詳細的解釋，讀者請參看，這裡我就不講解了。但我要說，錢先生這兩首詩真表現出他一身浩然正氣，要說「道義擔當」，這是民族危機深重時代的一種嚴峻考驗，錢先生平時淡泊、寧靜，而在嚴峻考驗面前，他獨立不懼，心雄萬夫，真是「強哉矯」！聯想到《宋詩選注》他堅持不選《正氣歌》，絕不是對文天祥和《正氣歌》本身有什麼不滿，而是別有深意存焉。正如戴震《孟子字義疏證》中，批判程朱的「存天理，滅人欲」，其實是抗議雍正帝的「以理殺人」。

1955 年龍氏又有《歲晚寄錢默存教授北京大學》：

自撥爐灰聽雁音，生憎歲月去駸駸。中人寒氣成龜縮，抱膝吟懷老鶴心。世運日昌情轉淡，春花定好信還沉。多聞我愛錢夫子，歲晚尊中酒淺深。

完全是一派幽怨的棄婦之聲。前四句寫盼望收到錢的回信，可是完全失望了。五、六句說全國形勢一片大好，可是你對我卻「情轉淡」「信還沉」。其實錢本明哲保身，根本不願和政治複雜的人交往，可龍偏要纏住他。末聯不免譏刺：你倒好，一邊文史縱橫，一邊和夫人淺斟低酌，哪會想到「龜縮」的老友呢！——不過還好，這時龍已不相信他會成為房玄齡、杜如晦，畫圖麟閣了，否則他哪敢這樣譏刺。

過了兩年，1958 年，龍又有《八聲甘州·寫紅梅寄錢默存教授》：

看一枝春色逐人來，雙臉暈潮妝。對遙上斜睇，修篁倦倚，照影寒塘。曾是霜侵雪壓，歲月去堂堂。留得芳心在，省識東皇。撩撥何郎詩興，便胡沙掃盡，難近昭陽。甚才通一顧，贏得幾迴腸。是冰肌，何曾點汗，記那回，憔悴損容光。橫斜影，映簪花格，淡月昏黃。

這是龍氏一幅自我畫像，他以為自己已是一位唱《紅梅頌》的江姐了。這也難怪，《忍寒詩詞歌詞集》第 181 頁《滿江紅（二首）寫定〈葵傾集〉，

將寄陳副總理轉獻毛主席，再綴二章》。第187頁《自上海乘飛機經武漢至北京》七絕第三句「載取丹忱瞻日色」，他要捧著紅心見太陽了！《絳都春一九五六年二月六日懷仁堂宴席上呈毛主席》：「春回律琯，喜得傍太陽，身心全暖，海匯眾流，賓集群賢同歡宴。歡呼競捧深杯勸。看圓鏡，燈火撩亂。藹然瞻視，熙然濡煦，彩霞迎面。長羨。鄉風未改，美肴饌，雙箸殷勤為揀。愛敞繡筵，樂近辛盤芳韶展，融融恰稱平生願。姹紫嫣紅開滿。凍梅徐吐幽芳，頌聲自遠。」不但和毛同席，而且就坐在他右邊，所以，還給他拈菜，充分顯示了中國敬老尊賢的鄉風。

第197頁《五月二十五日自黃浦江入蘇州河視察，倚檻放歌》，居然視察工作了，難怪他要倚檻放歌。第199頁《蝶戀花·初夏視察西郊，車過楊家橋作》，又是「視察」！第216頁1957年《水調歌頭·老友周谷城教授枉過暢談，賦詞以紀，兼托上候毛主席》，第二首有「曾是為虛前席，頓感心頭火熾，照我有星芒」。

《史記·屈原賈生列傳》：「後歲余，賈生征見。孝文帝方受釐（祭祀天地五時後，享用胙肉），坐宣室。上因感鬼神事，而問鬼神之本。賈生因具道所以然之狀。至夜半，文帝前席（把坐位移到賈生身邊）。既罷，曰：『吾久不見賈生，自以為過之，今不及也。』」毛主席自然不會跟他談鬼神，一定是和他討論填詞。用「前席」，既顯示和領袖的親密，是否還含有毛主席是餘事為詞，在他這位詞學專家面前說了幾句請教的話呢？下面就是《八聲甘州·寫紅梅寄錢默存教授》了。

懂得上述背景，就知道他確是以紅梅自比了。你看，「省識東皇」，他是多麼興奮啊！可「難近昭陽」，這麼「才通一顧」，就無緣再見，「贏得幾迴腸」，太難過了！他所以要寫此詞給錢，該跟托周谷城「上候毛主席」一樣，可是錢對這類事恰是避之唯恐不及，哪肯給他傳書遞簡呢！同一年又有《戊戌元宵後一日寄錢默存教授北京》：「豈緣多病故人疏，窗外春光畫不如。柳蓓才黃梅露白，傾城看要好妝梳。」我並非「不才明主棄」，你為什麼總不給我來信？我就有傾城之色，也要靠你們幫襯（「好妝梳」）呀！可是這位「錢夫子」就是怪，儘管你「豔若桃李」，他卻是「冷若冰霜」。

## 師友偶記：清史大師手札　龍榆生與錢鍾書

真是「急驚風偏遇著慢郎中」。直到 1962 年，才有《除夕前一日，得默存來書，關懷鄙況，走筆報之》：「黃州一謫四經秋，破帽寧容久戀頭。細撥爐灰真有味，回暄遙睇思悠悠。」

同年又有《讀新編〈中國文學史〉，賦寄錢默存教授》：

定見門多問字車，文章藻鑒比何如？三長小試展知幾，萬卷移輝抱璞居。秋爽王城占筆健，露涵朝旭孕花初。淹留絕代軒語，寧止新編映石渠。

此應指中國社科院文研所編的那本《中國文學史》。第三句「小試展知幾」一定排印有誤，如何能對「移輝抱璞居」呢？至於「絕代軒語」自然是指錢高深的英語水準，意謂錢的更大貢獻在為英譯《毛選》工作把關，參加《中國文學史》編撰還在其次。

1963 年有《立夏日，小齋漫成，寄錢默存教授》：

雙竿翠竹襟初解，一朵玫瑰酒半酣。怎得詞源疏鑿手，為拋珠唾到江南。

可以看出，龍是多麼翹盼錢能和他消息常通。可是總是失望。

最後一首是 1964 年的《清明後七日，病中忽憶黃任軻談錢默存教授近狀，因成長句寄之》：

當年風度故翩翩，報導腰圍轉碩然。囊括異聞歸腹笥，牢籠萬匯出真詮。可能餘事添新構，更綴旁行濟大川。恨對花辰人臥病，我思黃子為傳箋。

二句說聽黃講錢發胖了。三、四句開玩笑說錢真大腹便便、腹笥甚富了。最值得注意的是第三聯，上句說，錢是餘事為詩的，不知有新作否？下句說錢更重要的工作是英譯《毛選》的工作，包括其詩詞和《在延安文藝座談會上的講話》等。「濟大川」用偽古文《尚書·說命上》：「若濟巨川，用汝作舟楫。」此殷高宗對其相傳說的話。龍用它和前詩房、杜、麟閣云云，含意相同。

此文該結束了。就在我寫此文時，偶見《中國紀檢監察報》2014 年 7 月 29 日第 8 版有一篇路來森的《余英時評錢鍾書》，說錢「是一個純淨的讀書人，不但半點沒有在政治上向上爬的雅興，而且避之唯恐不及」。1979 年錢

訪美時，余曾談到英譯《毛選》的事，錢「只是淡淡地回答說：他是顧問之一，其實是掛名的，難得偶爾提供一點意見，如此而已」。

我確實有無限的感慨。今之知識人究竟該如何自處？中國的傳統，士大夫最重名節。這實際上是文化和權勢的關係。龍榆生對權勢唯恐求之不得，錢鍾書則避之唯恐不及。學問到底在裡面起了什麼作用？看來有學無識是不行的。識從何來，當然從學問中來。文天祥、留夢炎同時，都是南宋的狀元、宰相，而一抗元喋血燕市；一降元，且勸降前者不成，反勸元主殺文，免致放回江南再圖恢復。同樣道理，顧炎武與錢謙益同時，而忠奸判然。我分析，邪正之別，實在一私慾上。宋儒特別強調以理制欲，是抓住了本源。

殺身成仁、捨生取義，和苟且偷生、行同狗彘，其區別就在能否以理制欲。人是天使與魔鬼的統一體，亦即理與欲的戰場。「義（理）勝欲者從，欲勝義者凶」（《大戴禮武王踐阼篇丹書》），當然，單靠道德自律遠遠不夠，必須有一個良好的社會制度，形成良風美俗，使人不敢、不能、也恥於為非作歹。宋明理學之所以為人詬病，即因其末流相率而流於偽，成為「假道學」「偽君子」。其所以至此，即因為沒有一個好的社會制度。人是需要外力約束的，不能單靠自覺。只有客觀條件相配合，才能創造出好公民。

**師友偶記：清史大師手札**　　對《容安館札記》「審美批評」的管見

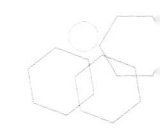

# 對《容安館札記》「審美批評」的管見

　　錢鍾書先生是「文化崑崙」，既享大名，謗亦隨之，並不足怪。但一代作手如臺灣詩人周棄子，那樣貶斥的口吻，卻使我不勝駭異。

　　《周棄子先生集》，《致邵德潤》一札云：「《論〈錦瑟〉詩》駁錢鍾書引洋人理論一節，極見卓識。錢讀書實不少，但知解殊淺薄，於辭章一門尤欠深入；早年觀其《談藝錄》，乍見頗驚浩瀚，而細按之，亦不過洋土雜糅，隔靴搔癢，總之，扶牆摸壁，僅可欺嚇崔苔菁一輩人耳。」

　　「知解殊淺薄，於辭章一門尤欠深入」，是對錢先生論析義山《錦瑟》而說的；「隔靴搔癢」「扶牆摸壁」，則是對《談藝錄》的看法。這位周先生的舊詩，確實是「承同光體閩派余緒而卓然有成的」，是「一位名家」（見《前言》）。

　　他對錢先生的批評，應該不是無知妄說。我對錢先生的學識，是高山仰止的，從前即使略有異議，也不過本於「事師有犯無隱」之義。孔子最喜門人質疑問難，曾說「回也非助我者也，於吾言無所不說（悅）」。這是其辭若憾，其實深喜。我於錢先生，豈敢妄比顏回之於孔聖，持議不免異同，實竊比於「吾愛吾師，吾尤愛真理」之誼。現在看到周對錢的批評，我實在大惑不解。

　　事有湊巧，近日翻閱上海《社會科學》2012年第7期，讀到侯體健先生的《錢鍾書〈容安館札記〉批評宋代詩人許月卿發微——兼及錢先生論理學、氣節與宋末詩歌》一文，其中引了評文天祥一則：

　　文天祥《文山先生全集》二十卷。文山《指南錄》以前篇什皆獷滑，時時作道學腐語。《指南》多抄《吟嘯集》，即事直書，雖不免淺率，而偶然有真切淒摯之作矣。劉水雲極推重文山，而《隱居通議》卷十二所摘皆出《吟嘯集》中，於以前之作，則曰唯《茶詩》四絕頗佳，余不及也，洵為知言。

## 師友偶記：清史大師手札　　對《容安館札記》「審美批評」的管見

　　《正氣歌》本之石徂徠《擊蛇笏銘》，則早見董斯張《吹景集》卷十四跋末，《茶香室叢抄》卷八亦言之，實則亦本之東坡《韓文公廟碑》：是氣也，「在天為星辰，在地為河岳。幽則為鬼神，而明則復為人」云云也。

　　我在拙著《大螺居詩文存》有一篇《〈宋詩選注〉不選〈正氣歌〉之謎仍未破》，正是針對錢先生《容安館札記》評《正氣歌》的原話，只是根據侯長生先生所轉述的，而侯先生又是根據《宋詩選注》責編彌松頤先生的《「錢學」談助》：錢先生「堅持不肯選入」的原因，是認為「《正氣歌》全取蘇軾《韓文公廟碑》，整篇全本石介《擊蛇笏銘》，明董斯張《吹景集》、清俞樾《茶香室叢鈔》等皆早言之，中間邏輯亦有問題。」侯先生引了彌先生的話後，指出：「《正氣歌》內容大體就是蘇東坡、石介文章的合成，而文字也幾乎一致。」還說：「《正氣歌》在繼承方面顯然太多，襲用成句，沿用原意，在原作基礎上並無新的意境、意象出現。至於邏輯問題，則極可能是中間排比部分的『為嚴將軍頭，為嵇侍中血』一句與其他不類，將忠貞鐵骨與貳臣降將混為一談，相提並論。」

　　所謂《正氣歌》內容大體就是蘇東坡、石介文章的合成，是指「正氣」部分同於蘇文，而有關「正氣」及所舉的仁人志士則同於石文。先把蘇文有關的句子列出來，和《正氣歌》的句子對照於下：

　　蘇文：「孟子曰：『我善養吾浩然之氣。』是氣也，寓於尋常之中，而塞乎天地之間。……故在天為星辰，在地為河岳。」

　　《正氣歌》：「天地有正氣，……下則為河岳，上則為日星。於人曰浩然，沛乎塞蒼冥。」

　　蘇文共一百四十六句，八百四十四字；《正氣歌》共六十句，三百字。對照之後，蘇文七句，三十八字；《正氣歌》五句，二十五字。說《正氣歌》全取《韓文公廟碑》，這一結論能成立嗎？

　　再看「《正氣歌》整篇全本石介《擊蛇笏銘》」的句子：

　　石序：「夫天地間有純剛至正之氣，或鐘於物，或鐘於人……在堯時為指佞草，在魯為孔子誅少正卯，在晉為董狐史筆，在漢武朝為東方朔戟，在

成帝時為朱雲劍，在東漢為張綱輪，在唐為韓愈諫佛骨表、逐鱷魚文，為段太尉擊朱泚笏，今為公擊蛇笏。」

《正氣歌》：「在齊太史簡，在晉董狐筆。在秦張良椎，在漢蘇武節。為嚴將軍頭，為嵇侍中血。為張睢陽齒，為顏常山舌。或為遼東帽，清操厲冰雪。或為出師表，鬼神泣壯烈。或為渡江楫，慷慨吞胡羯。或為擊賊笏，逆豎頭破裂。」

對照後，相同者只有「董狐筆」「擊賊笏」兩處。石序所重在物，他列舉「草」「（刀）」「筆」「戟」「劍」「輪」「表」「文」「笏」「笏」共十件；而《正氣歌》所重在人，共十二人。這是因為石介為「笏」作銘，而文天祥是以歷史上這些充滿正氣的志士仁人來激勵自己，使自己能以正氣敵彼七氣（囚室的水氣、土氣、日氣、火氣、米氣、人氣、穢氣）。如此，能說《正氣歌》「整篇全本《擊蛇笏銘》」嗎？

所謂「全取」「全本」，彌、侯兩先生認為是《正氣歌》的缺點，別說據上所分析的不合事實，就是真的「取」了「本」了，也未必是缺點。如果看了《昭明文選》透過李善等人的注，就可以看出，這樣直用古人的話，叫做「杜詩韓文無一字無來處」。隨便舉個例子，如《文選》卷六十任彥昇《齊竟陵文宣王行狀》：

（1）「忠為令德。」注：「左氏傳，君子曰：忠為令德。」

（2）「方任雖重，比此為輕。」注：「山濤《啟事》曰：『方任雖重，比此為輕。』」

（3）「百揆時序。」注：「《尚書》曰：『百揆時序。』」

（4）「謀猷宏遠矣。」注：「《晉中興書》：『謀猷宏遠。』」

（5）「坐而論道。」注：「《周禮》曰：『坐而論道。』」

（6）「親賢莫貳。」注：「《晉中興書》：『恭帝詔曰：親賢莫貳。』」

（7）「身歿讓存。」注：「王隱《晉書》曰：武帝贈羊祜詔曰：身歿讓存。」

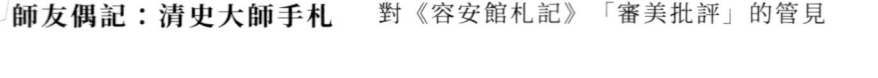

（8）「他人之善，若己有之。」注：「《尚書》，穆公曰：人之有伎，若己有之。」

　　（9）「方於事上，好下規己。」注：「《魏志》，劉寔曰：王肅方於事上，而好下接己。」

　　（10）「令行禁止。」注：「《文子》曰：令行禁止。」

　　（11）「人有不及，內恕諸己。非意相干，每為理屈。」注：「《晉中興書》曰：衛玠常以人有不及，可以情恕。非意相干，可以理遣。」

　　（12）「從諫如順流。」注：「《王命論》曰：從諫如順流。」

　　（13）「懸諸日月。」注：「揚雄《方言》曰：伯松曰：是懸諸日月，不刊之書也。」

　　單是這一篇，就可看出古人為文，全用前人成句，乃是常事。不但如此，諸葛亮的「非澹泊無以明志，非寧靜無以致遠」，即出於《淮南子主術》：「非澹薄無以明德，非寧靜無以致遠。」林逋的「疏影橫斜水清淺，暗香浮動月黃昏」，本自江為的詠桂詩：「竹影橫斜水清淺，桂香浮動月黃昏。」杜甫、王維，都用古人成句，這是古人詩話中多次說到的。錢鍾書先生博極群書，決不會以此而不選《正氣歌》。

　　《談藝錄》補訂本 352 頁補訂 26 頁，指出王國維詩「四時可愛唯春日，一事能狂便少年」，出於晚唐詩人韓偓《三月》頸聯：「四時最好是三月，一去不回唯少年。」錢先生謂：「靜安此聯似之，而『一事能狂便少年』，意更深永。」可見他並不以仿古為非，則《正氣歌》之仿蘇、石，青勝於藍，錢先生必不斥之。

　　彌先生不是說「明董斯張《吹景集》、清俞樾《茶香室叢鈔》等皆早言之」嗎？那就看看他們是怎麼說的。

　　董氏的話，見於《吹景集》卷十四《文人相祖》：「張平子《七辨》云：『形似削成，腰如束素。』邊文禮《章華賦》云：『體迅輕鴻，榮曜春華。』今學士家但嘖嘖東阿語耳。石徂徠《擊蛇笏銘》云：『在齊為太史簡，在晉

為董史筆。』樂天《泠泉亭》、呂溫《虢州三堂》二記，都以四時寫景物。希文狀岳陽，文山歌正氣，一擷其菁，爭光日月。文之顯晦有數哉！」

這是說，曹植的《洛神賦》，「肩若削成，腰如束素」出自張衡的《七辨》；其「體迅飛鳧」「翩若驚鴻」「榮曜秋菊，華茂春松」，則出自邊讓《章華台賦》的「體迅輕鴻，榮曜春華」。張、邊都早於曹植，而現在（指明代）一般文人學士只稱讚《洛神賦》寫得好。又如石介的《擊蛇笏銘》那兩句，文天祥作《正氣歌》，一摘取它（指石《銘》）的美麗的花朵（指石《銘》那兩句），立刻使《正氣歌》與日月爭光。

這也像白居易的《泠泉亭記》（見《白氏長慶集》卷四十三）、呂溫的《虢州三堂記》（見《呂衡州集》卷十），都按四季描寫景物（呂記為「及春之日」如何，「夏之日」「秋之日」「冬之日」又如何；白記只寫「春之日」「夏之夜」如何），范仲淹模仿二記也分四季描寫岳陽樓所見洞庭湖的景色，也是「一擷其菁，爭光日月」。董斯張根本不是彌、侯兩先生所說的鄙薄《正氣歌》「襲用成句，沿用原意，在原作基礎上並無新的意境、意象出現」。

其實董斯張雖然稱讚范記和文歌「爭光日月」，卻並沒說到點子上。范記的壓倒白、呂兩記，哪裡是由於「以四時寫景物」！正是因為有了末段，尤其是「先天下之憂而憂，後天下之樂而樂」這兩句，再加上范文正公平生的立朝人節，才使《岳陽樓記》永垂不朽。而《正氣歌》的勝過《擊蛇笏銘》又何嘗只是移用了齊太史簡、晉董狐筆這兩句！正是因為《正氣歌》的後一部分，從「嗟予遘陽九」直到「古道照顏色」這26句（全篇六十句，這部分將近一半。這可看出侯先生所謂「《正氣歌》內容大體就是蘇東坡、石介文章的合成，而文字也幾乎一致」，是多麼荒謬的結論），加上文信國公成仁取義的驚天地泣鬼神的英雄氣節，才使《正氣歌》爭光日月！誰要是讀了這二十六句，還要說「在原作（指《韓文公廟碑》與《擊蛇笏銘》）基礎上並無新的意境、意象出現」，那只能說他是大白天說夢話。首先，這二十六句的內容是蘇、石二文能有的嗎？其次，這二十六句的意境、意象侯先生還希望它怎樣「新」？

### 師友偶記：清史大師手札　　對《容安館札記》「審美批評」的管見

　　現在再看看俞樾是怎樣說的。俞氏的話，見於《茶香室叢鈔》卷八《文文山〈正氣歌〉有所本》。現轉錄如下：「宋人《儒林公議》（無作者姓名）云：孔道輔為寧州軍事推官。州天慶觀有蛇妖，郎將而下日兩往拜焉。道輔以笏擊蛇首斃之。鄆人石介作《擊蛇笏銘》，有云：『夫天地有純正至剛之氣，（前已引，此從略）今為公擊蛇笏』云云，文信國《正氣歌》『天地有正氣，雜然賦流形』以下一段全本此意。」

　　俞氏只指出「語有所本」這一事實，究竟是褒還是貶呢？看不出。恰好同卷另有一條《杜牧之阿房賦有所本》，轉錄如下：「宋廖瑩中《江行雜錄》云：杜牧之《阿房宮賦》『六王畢，四海一，蜀山兀，阿房出。』陸參作《長城賦》云：『千城絕，長城列，秦民竭，秦君滅。』儕輩在牧之前，則《阿房宮賦》祖《長城》句法矣。牧之『明星熒熒，開妝鏡也』諸句，楊敬之《華山賦》有云：『見若咫尺，田千畝矣；見若環堵，城千雉矣；見若杯水，池百里矣；見若蟻垤，台九層矣；蜂窠聯聯，起阿房矣；小星熒熒，焚咸陽矣。』《華山賦》，杜司徒佑稱之，牧之乃佑之孫，亦是仿楊作也。按：《華山賦》以小形大，《阿房賦》以大形小，意似有別，可云異曲同工也。」

　　不論祖句法，還是仿作，杜牧之的《阿房宮賦》是「工」的。

　　古人本來是主張「有所本」的，包括「祖句法」和「仿作」在內。《四庫全書》本《徂徠集》「提要」就指出：（石介）作《慶歷聖德詩》，蓋仿韓愈《元和聖德詩》體。

　　還有一個問題需要研究，即彌先生所謂「中間邏輯亦尚有問題」。侯先生猜測是：「極可能是中間排比部分的『為嚴將軍頭，為嵇侍中血』一句與其他不類，將忠貞鐵骨與貳臣降將混為一談，相提並論。」

　　上海《社會科學》2012年第7期，侯體健先生的《錢鍾書〈容安館札記〉批評宋代詩人許月卿發微——兼及錢先生論理學、氣節與宋末詩歌》一文，也提到錢先生「批評文天祥《正氣歌》承襲太多，邏輯有問題」。

　　如果邏輯有問題是指嚴顏和嵇紹，我們不妨研究一下。先談嚴顏。《三國志·蜀書·張飛傳》：「（飛）至江州，破（益州刺史劉）璋將巴郡太守嚴顏，

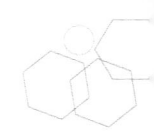

生獲顏。飛呵顏曰：『大軍至，何以不降而敢拒戰？』顏答曰：『卿等無狀，侵奪我州，我州但有斷頭將軍，無有降將軍也。』飛怒，令左右牽去斫頭，顏色不變，曰：『斫頭便斫頭，何為怒邪！』飛壯而釋之，引為賓客。」裴松之注引《華陽國志》曰：「初，先主入蜀，至巴郡，顏拊心嘆曰：『此所謂獨坐窮山，放虎自衛也！』」這是責怪劉璋不該邀請劉備來成都，後來果如所料，劉備取代了劉璋。從上引資料看，嚴顏不過由於他的視死如歸感動了張飛，沒有被殺，還被引為賓客。如此而已，似乎扣不上「貳臣降將」的帽子。

當然，清人嚴可均《鐵橋漫稿》卷二《讀〈三國志〉》之二，末二句云：「一個生降嚴太守，到今說是斷頭人。」但同在卷二，此詩之前若干首，有《文信國廟》，開頭一句即「《正氣歌》成龍馭遙」，他並沒有否定《正氣歌》。

和錢先生成為忘年交的陳衍，在《石遺室詩話》卷三中說：「不論其世，不知其人，漫曰：『溫柔敦厚，詩教也。』幾何不以受辛為『天王聖明』，姬昌為『臣罪當誅』，嚴將軍頭，嵇侍中血，舉以為天地正氣耶？」

大概錢先生深受這些影響，所以認為《正氣歌》「邏輯有問題」。

我認為，即使此說成立，也只是大醇小疵，不妨選入《宋詩選注》，在注釋中加以說明。讀者體會到文丞相在三年監牢之內，七氣所蒸，憂心如焚，賦詩明志，記憶偶誤，一定也能理解。

至於嵇紹，更不能因其父嵇康為司馬氏所殺，就斥責他不該仕晉，以致為護衛惠帝而死。試問，「鯀殛而禹興」，又將作何解釋？

以上是關於《宋詩選注》不選《正氣歌》的問題。從前些年與侯先生為文商榷，一直到今，我仍積疑不解。直到今年（2012），我先看到王水照先生的《〈錢鍾書手稿集·容安館札記〉與南宋詩歌發展觀》（《文學評論》2012年第1期）一文，第一部分最後一段後半段：「而《札記》則完全疏離於主流意識形態的影響，沉浸於古代文獻資料之海洋，獨立於眾人所謂的『共識』之外，精心營造自己的話語空間。他不是依據於詩人們的政治立場、思

## 師友偶記：清史大師手札　　對《容安館札記》「審美批評」的管見

想傾向和道德型範的所謂高低來評價詩歌的高低，而著眼於作品本身的藝術成就，所以他的品評就成為真正的審美批評。」這就更使我大惑不解了。

而看了侯體健先生上述那篇論文，我更覺得問題嚴重。尤其是「氣節與宋末詩歌」這一部分，更使我憂心忡忡。

體健先生說：「錢先生的《宋詩選注》因未選錄文天祥《正氣歌》曾引起學界廣泛而持續的討論，這一舉動之所以會成為人們熱烈關注的問題，主要原因恐怕並非《正氣歌》達到了極高的藝術水準，而在於作者特殊的愛國詩人身份和《正氣歌》所體現出的高尚情操與浩然正氣。但在錢先生看來，這並非問題。《容安館札記》代表了他真實的想法，他所秉持的是純粹的藝術標準，他是以挑剔的藝術審美眼光來審視宋詩的。」

世界上有完全脫離內容的「純粹的藝術審美眼光」嗎？

《談藝錄》：白瑞蒙論詩：「情景意理，昔人所藉以謀篇托興者，概付唐捐，而一言以蔽曰：『詩成文，當如樂和聲，言之不必有物。』」錢先生評曰：「陳義甚高，持論甚辯。」但又批評了白瑞蒙，說他「所引英國浪漫派諸家語，皆只謂詩尚音節，聲文可以相生，未嘗雲舍意成文，因聲立義，如白瑞蒙之主張偏宕，踵事而加厲也」。同一頁，「蒂克說詩，倡聲調即可以寫心言志……又謂詩何必言之有物，豈無物便不得有言耶」。又引蒂克同輩諾瓦利斯之言：「詩僅有聲音之諧，文字之麗，不見意詮安排。」第275頁又引白瑞蒙《詩醇》：「教誨、敘記、刻劃，使人動魄傷心，皆太著言說，言之太有物，是辯才，不是真詩。」這和前引王水照先生那段話「他（指錢先生）不是依據於詩人們的政治立場、思想傾向和道德型範的所謂高低來評價詩歌的高低，而著眼於作品本身的藝術成就」不是如出一轍嗎？這就無怪乎《正氣歌》不能入選《宋詩選注》了。

根據錢先生這種「真正的審美批評」，那秦檜、嚴嵩、阮大鋮，以至於鄭孝胥、梁鴻志、黃濬、汪精衛，他們的詩都應該列於上品了。

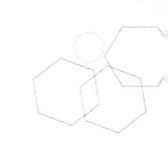

侯體健先生在其論文中，特列《氣節與宋末詩歌》一章，說《容安館札記》完全無視文天祥、蕭立之、謝翺、真山民的氣節，對許月卿，更絲毫不顧其人品之高潔，而純作批評否定的議論。

錢先生為什麼會這樣？

劉夢芙先生在《二錢詩學之研究》一書中，第155頁，《錢氏品格在詩中之展現》中，特別指出：「《剝啄行》七古一章，更見（錢先生）國難期間之堅貞氣節。」此詩作於1942年，錢先生在上海淪陷區。時汪精衛已降倭，於南京成立傀儡政府，派人來勸錢去下水，遭到先生嚴詞拒絕。錢先生在詩中申明自己眷戀宗邦、九死無悔之素志：縱令國破如將沉之舟，亦當患難與共，豈可以一時之顛危困苦，而忘立身之大節。最後說客「作色拂袖去」，罵錢先生「如子亦誠冥頑哉」。

錢先生如此高風亮節，何以在詩歌鑒賞和評論中，把「氣節」看得比詩歌的字法、句法、章法還輕呢？何況《正氣歌》並沒有這些缺點。這豈不是「少陵自有連城璧，爭奈微之識碔砆」嗎？

許建平先生《中國古代文學研究路徑與方法的新思考》一文告訴我們：文學的本質是什麼？人本主義理論家認為是人的本質力量的表現。形式主義理論家則認為：文學的本質是處於不斷創造過程中的形式。將二者統一的理論家認為：「藝術，是人類情感的符號形式的創造。」這符號是「能將人類情感的本質清晰地呈現出來的形式」。

許文引了章培恆先生的看法：打破內容第一、形式第二的舊觀念；內容形式渾然一體，形式即內容。許文分析說：分析過程中，詩的形式、技巧、結構、風格，一一剔出，作者的情感即在此分析過程中得以體會。

我完全贊同這種研究方法，因為落腳點還在情感體會上，也就是說形式分析（語言分析）最後還是為內容服務的。文學既然是人學，而詩歌又是以情感人的。古人說：「讀《出師表》而不泣下者，其人必不忠；讀《陳情表》而不泣下者，其人必不孝。」同樣的，從南宋末直到今天以至於無窮的將來，人們那樣被《正氣歌》所感動，正如侯體健先生所說：「完全在於作者特殊

## 師友偶記：清史大師手札　　對《容安館札記》「審美批評」的管見

的愛國詩人身份，和《正氣歌》所體現的高尚的情操與浩然正氣。」至於說，是否「達到了極高的藝術水準」，這很難量化，只能看讀者的反應是否強烈。只要看《宋詩選注》不選《正氣歌》，就「引起學界廣泛而持續的討論」，「成為人們熱烈關注的問題」，也就可見人心所向了。即使「文化崑崙」如錢先生，「好惡拂人之性」也是不行的。

所以，王水照、侯體健兩先生不斷地說，《容安館札記》是「一部帶有私密性的學術筆記」，我要請問，為什麼不是公開的？如果說，錢先生視此為隱私，那他身後為什麼又出版？你們又說，《札記》寫的是「對詩人詩作的真實看法」，難道他公開出版的是虛假看法或不盡真實的看法？什麼叫「獨立於眾人所謂的『共識』之外」？難道千百年來眾人的「共識」都錯了？我看，錢先生的學術著作未必有多少私密性，有諸內必形諸外，《宋詩選注》不選《正氣歌》，早已公開獨立於「共識」之外了。

王、侯兩先生希望學界研究錢先生這種純粹的審美批評，我倒希望學界有心人能對某些文學現象作出解釋，譬如被錢先生否定的晚宋詩人許月卿，為什麼在詩作中「弔詭逞奇，破律壞度，近體詩復見字多，對仗拈弄」，究竟和他的「理學」「氣節」「秉性剛介」「遺民心理」「藝術趣味」是否有關。我總這樣想，文學史的作用，就在於對一切文學現象作出合規律性的解釋，文學鑒賞也是這樣。

我還要再一次引用王水照先生論《札記》的這段話：「完全疏離於主流意識形態的影響，沉浸於古代文獻資料之海洋，獨立於眾人所謂的『共識』之外，精心營造自己的話語空間。」因為它使我想起劉再復先生在《思想者十八題》的《自序》中說：「（本書）所有的語言都在權力之外、政治之外、宣傳之外，乃是我個人獨立不移的真實聲音，或多或少都帶著挑戰習俗的聲音。」他還說：「人生這麼短，能敞開胸懷說說由衷之言，能不迎合潮流與風氣而保持一點生命的本真與鋒芒，就是幸福。」這和錢先生在《札記》寫作過程中的幸福感是一致的。何以劉再復的「真實聲音」，無論怎樣「挑戰世俗」，我們讀了都覺得語語警策，愜心貴當，而錢先生的《札記》，卻使人覺得有誤導讀者之嫌呢？

我覺得，真正的詩人，他的詩是尼采所說用鮮血寫成的，因而他的生命歷程就是一首最輝煌的詩。文天祥就是這樣的詩人。他的偉大，就在於他用「行為語言」論證了他的「文字語言」。《正氣歌》之所以照耀古今、廉頑立懦，正是由於文天祥成仁取義的正氣。而這種正氣是人類社會的精神支撐點，不但當下的中國急需它，人類社會也永遠需要它。對這樣的作品，還要尋章摘句，吹毛求疵，簡直是褻瀆了它，何況所謂瑕疵根本不存在。

　　周棄子歿於1984年，《容安館札記》出版於2003年，他是不可能看到《札記》的。我想，他如果看到了，又該作何評論呢？

**師友偶記：清史大師手札**　　馬大勇

# 馬大勇

最近收到馬大勇教授寄贈的《二十世紀詩詞史論》一書，其「錨邊小語（代前言）」第二段有幾句話：「值得一說的是，2011年底《二十世紀舊體詩詞研究的回望與前瞻》在《文學評論》發表後，我意外地得到了九十高齡的劉世南先生所賜手書長信予以表彰亹勉，讀到我素來敬重的前輩學者挺勁流美的字跡時那種快慰，實不亞於獲頒某某獎項或『領軍』『人才』一類頭銜的。」

現在是2015年，那封長信是2011年12月5日寫的。我沒想到馬教授會這樣重視這封信。從這件事，可以看出東北人亢直而又肫摯的性格。我們雖然神交已久，迄未謀面，根據此書扉頁作者簡介，他1972年生，今年才四十三歲，可已是吉林大學文學院教授，博士生導師。我實齡已九十二，今年10月15日進入實齡九十三，虛歲可稱九十四，和馬教授對比，「年長以倍」還要加上七八歲，真是馬齒徒增，食粟而已。

長信如下：

大勇先生：

2007年3月9日收到惠贈的《嚴迪昌先生紀念文集》，不勝感荷！2009年11月拙著《大螺居詩文存》由黃山書社出版後，即奉寄一冊求教，未審已達覽否？

頃從《文學評論》2011年第6期讀到大作《二十世紀舊體詩詞研究的回望與前瞻》，極表贊同。尤其對新詩的評價，我十分贊成您的看法，夢芙、晉如兩位先生是帶有偏見的。我年輕時一直喜讀新詩，自己也寫作。後來雖不再作，但仍認為詩無分新舊，有詩意即詩。無詩意，即使對仗工整，平仄協調，亦不算詩。

深圳毛谷風先生近編《海岳絃歌集》，專選海內外健在的老年華人舊詩，囑我作序。我有一個悖論，不得解決。我認為既作舊詩，不論古風抑近體，必須典雅。在此基礎上，再分各種風格。但是，現在60歲左右的人，有幾

## 師友偶記：清史大師手札    馬大勇

個從小就熟讀四部（經、史、子、集）的原典，並能博覽群書，作出《兼與閣詩話》中那樣的詩呢？

我受五四新文化運動影響很深，理性上反對「骸骨的迷戀」，感情上仍然覺得舊詩耐咀嚼，而且寫起來順手（自然是習慣問題）。再說，我的舊詩其實比學術論文尖銳，但是，出版社編輯們不太懂，容易過關。不像論文，這次黃山書社就砍了我好幾篇。甚至向夢芙君提，只出我的詩集，不出我的文集。夢芙堅決不肯，只好作罷。

寫此文時附加如下一段話，原信沒有：能看出我的舊詩尖銳的，應該大有人在，但形諸文字的，我只見到復旦大學中文系傅杰教授。他在 2014 年 1 月 17 日《文匯讀書週報》第 8 版他的《經眼漫錄》專欄，寫了《大螺居詩文存》一文，指出：「詩的部分則不乏對時事的關懷，不足百頁，只占全書六分之一，卻時見引人注目的篇章。僅讀書有感而作的，就有讀《陳寅恪的最後二十年》，讀《中國礦難史》，甚至還有讀當代小說《滄浪之水》的一詠三嘆。年登耄耋卻心明眼亮的詩人，讀完小說，更體會到『人性惡，一據權位，必牟私利，亦必以神聖說教愚其小民』。於是慨嘆：『興亡灑盡生靈血，誰信庶民得自由。』又當蘇聯解體之際，詩人『驚賦』長歌，還另作《讀歐陽修〈朋黨論〉》，開篇說：『蘇共黨人一千七百萬，紅旗落地冷眼看。利盡交疏自古然，臨財茍得臨難免。』結尾說：『烏合之眾雖多亦奚為，巢覆紛作鳥獸散。由來興亡系人心，徒騰口說堪一粲。』類皆擲地有聲。自序謙稱其詩卑不足傳，『所可自信者，凡為詩，必有為而作，絕不嘆老嗟卑，而唯生民邦國天下之憂』，信然。而既如此，則不僅可觀亦必有足傳者在焉。」

儘管如此，這悖論仍然不能解決。我是餘事為詩的，並不像賈島苦吟，也不像黃仲則「枉拋心力作詞人」。但就我這種水準，一般讀者就指為「學人之詩」「張茂先我所不解」。可要我寫成「老幹體」，甚至於曾今可的「改良體」（「國家事，管他娘，打打麻將」），我就寧可不作。這個悖論簡直是無解方程式。所以，雖然現在全國處處是詩社，個個寫舊詩，我對舊詩的前途還是悲觀的。

我談這些，正是因為看了您的大作。本來我對現在一般中青年詩人並不抱大希望，以為有些寫得好的，也只是香菱學詩那樣，不過熟讀了幾家詩，又苦心寫詩而已。現在，您的大文使我刮目相看，深覺您見解非凡。例如您論聶紺弩詩，就非恆輩所能道。又如您痛斥的「王幸福」，正是「不誠無物」，喪盡天良！這類文化官僚，一貫說大話、空話、套話，沒有一句真話，習慣成自然，才會寫出這種（簡直無以名之）。

　　下面我談幾個問題。

　　（1）詩詞入史問題，可能如通俗小說一樣，先獨立成史（范伯群君諸人所作），再入大文學史。我受「五四」影響，雖從少年時起，即看了《紅玫瑰》《紫羅蘭》及鴛鴦蝴蝶派小說，但一直以左翼文藝為正宗，不敢想像徐枕亞、李涵秋等也能入史。現在范君等著作出來了，自覺心胸也開放了。詩詞恰與通俗小說為南北極，它繼承清詩（其實是《詩》《騷》以來的）傳統，名正言順，自當入史。

　　（2）詩詞完全可以具有現代性。所謂現代性，無非內容上表達現代公民（注意此四字）的思想感情，形式上具有高度藝術性，即儘量吸取歷代大家名家詩詞創作的藝術技巧，而又推陳出新，自鑄偉詞。

　　（3）詩詞現代性最難解決的是形式問題，即如何能使大眾理解、接受、欣賞。此即我所謂悖論。

　　（4）悖論不解，持續升溫難。

　　（5）錢基博先生主張大眾文化，也要精英文化。詩詞是精英文化。我同意李仲凡君看法，精英文化的保守恰是它的特色。問題是這保守性使得它不能大眾化。

　　（6）沈祖棻《涉江詞》自是精品，但即使有千帆先生注，仍覺模糊影響，很難做到王觀堂的「不隔」。此即致命傷，無法大眾化。而不大眾化，還能有生命力嗎？但我又回想過來，自《詩》《騷》而李杜，以迄明、清大家名家，其別集不大都有注本嗎？可見精英文化本來就不大眾化。大眾化了，反而就不成其為精英文化了。

# 師友偶記：清史大師手札　　馬大勇

　　我前面說過，舊詩耐咀嚼，恐怕保守性也是原因之一。讓我發一狂想，在實現共產主義社會以前，人類仍分為體勞者、腦勞者，那麼，詩歌作為「言志」「緣情」的工具，山歌、民歌仍屬體勞者，詩詞之類仍屬腦勞者。

　　（7）平仄，古人並非從音韻學理上來解決，而是「熟讀唐詩三百首，不會吟詩也會吟」。因為要會作詩，不僅要合平仄，還有字眼、句式，種種技巧，全靠涵泳古人名作。正如姚鼐所說，先從臨摹入手，然後自行變化，所以，他不薄明七子。我在《清詩流派史》中談王闓運的仿古問題，也認為形式仿古，內容仍新。世上根本沒有思想感情上仿古的，除非是文字遊戲。

　　（8）聲律問題，我主張由它自然變革，不必預先設計。我對聲律變革基本上持保守態度。亦如京劇改革一樣，我喜歡《龍江頌》，京味十足，卻不愛聽《杜鵑山》《海港》。

　　要說的大概就是這些。我老了，虛歲90了。「青眼高歌望吾子，眼中之人吾老矣！」從大作看，您有大氣魄，也有細工夫，20世紀詩詞研究這一工程在您和你們一群志同道合者手中，一定能做出偉大成績來。

　　即頌

　　文祺

　　劉世南上

　　信發出後，很快就收到了他的回信：

　　世南先生道席：

　　昨接賜札，捧誦數過，其驚愕喜悅有難以言語宣表者。渺予小子，僻處東隅，何所知聞，雌黃信手，抑何幸得前輩耆宿如斯熱忱之獎掖提點？未免汗出如漿，顏為之濕矣。

　　以上數語，實非套話。勇之於先生大名，若干年前負笈嚴迪昌師門下，即已深鐫腦海，《清詩流派史》流播前之台版亦早拜讀詳味，嗣後每談及清詩輒津津樂道。每見先生大文揭載於期刊如《博覽群書》等，皆熱切關注之，

每為擊節。此雖不敢如先生謙稱之「相賞驪黃牝牡之外」，心內固以為學界一道奇峰峻嶺也。

聞常與諸生言，今之學界有二劉先生，聲華不甚彰而堂廡特大，功力縈深，一則滬上衍文先生，一則豫章世南先生也。

以故，得先生片紙擲下於數千里之外，洋洋數千言，且極多謬賞，中心感激，先生恐難想見。勇自追隨迪昌師入清詩詞研究門檻，深感其有真價而時輩不解，盡多矮子觀場、隨人短長之論，內心多悃悃不甘，故發願傾心如先師「為三千靈鬼傳駐紙上心魂」。而近年覺清詩詞價值漸為學界所承認，雖亦空白極多，而當務之急，轉在現當代詩詞。自 2006 年以來，頗耗心力於此，意在喚醒同人關注，雖現在做一國家社科項目《近百年詞史研究》，然自知比施議對、劉夢芙等先生功力難同日而語，亦實未敢以「研究」自命。但求學步，偶有所見，引以為樂，即已大佳。

先生大札，卓見洞穿數紙，而字裡行間，尤多性情，反覆思索，益覺神王。所談諸問題雖僅寥寥數語，然寸鐵殺人，全中窾要，大暢心懷之餘，不禁拜服。

先生年躋大耋，而身心健旺，撰讀不輟，真可驚可羨，則「人瑞」云云，確非虛語。將賜札示內子，亦驚且羨云：「我也想活到九十歲還能像這位老先生。」錄之供先生一哂。

白雪皚皚，凍地寒天，得先生奇文飛來，頓覺遍體生暖，其間妙詣豈足為不知者道哉？笑笑。

匆匆敬頌

道祺

大勇拜上

另：近年撰拙作數本（篇）亦並呈先生指教，其簡陋可發一噱處，聊供消寒而已。

## 師友偶記：清史大師手札　　馬大勇

　　我因年邁，並未回信，但泛覽各種報刊時，發現他的文章，我一定認真閱讀。對他寄贈的專題，更是反覆披閱。因為我對現當代新、舊詩的訊息一向比較關心，所以，對他的研究工作的進展也就特別留意。

　　我一直感到奇怪：改革開放以來，何以新詩日衰，舊詩日盛？

　　據德國學者顧彬說，很多人講「中國當代詩歌看不懂」。（《文學自由談》2011 年第 5 期）朦朧派詩人北島也說：「現代詩歌……常常有人抱怨『看不懂』。」（《三聯生活週刊》2011 年第 48 期）

　　北島的解釋是：「現代詩歌的複雜性造成了與讀者的脫節。這和所謂現代性有關──充滿了人類的自我質疑，勢必造成閱讀障礙。」

　　我是這樣理解：這些年來，中國大陸寫新詩的人，比看新詩的人多，其原因是，新詩內容表現的，是詩人內心特殊的內斂的自訴，一般人難以理解，加上句式歐化，不易接受，自然不願看了。

　　北島也談到舊詩的「日漸式微」（我懷疑是否因他長期在國外，竟不知大陸舊詩日盛）。他認為，「嚴格的格律導致了形式僵化，以及書面語與口語的脫節」。

　　上一句是外行語，其實格律在舊詩的行家裡手那裡，根本不是束縛，反而因難見巧。下一句確是問題。當年胡適等人提倡新詩，本來就是為瞭解決這個問題。不料從「五四」到現在，新詩發展的結果，從創作到理論，越來越不被大眾所接受。

　　再談到現代性問題，我驚奇地發現，中國大陸舊詩日盛的原因主要是利用詩和詞來針砭現實。美籍華人詩論家劉若愚說，詩是詩人對「境界和語言的探索」（見《中國詩學》）。我同意這一詩觀，認為一首真正的詩（區別於為文造情的應酬詩），它的背後是一個廣闊的世界，是血淋淋的現實，是痛苦的昇華，是生命的控訴，是對自由的追求。它是熱血的噴灑，它是新生命的號角，它是對一切不合理事物的批判。至於格律、技巧，只是為了使這種呼聲更高昂，更激動人心，或更委婉，讓弱者的哀吟，形成岩石的力量，去粉碎一切謊言。

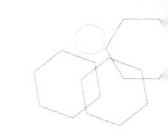

2014年第六屆魯迅文學獎，周嘯天教授以其詩詞獲獎，引起很大爭議。我基本上瞭解了報刊上各種意見，認為陳未鵬先生那篇《從周嘯天獲獎爭議看當代舊體詩詞的創作困境》（刊於《福州大學學報（哲學社會科學版）》2014年第6期），可以作為這一事件的總結。該文分為兩大部分：

一、周嘯天詩歌藝術價值平議；

二、舊體詩詞創作的當代命運與生存困境。

對第一部分我不想說什麼，我感興趣的是第二部分。反覆尋繹之後，我發現作者其實是要求今天的詩詞作者，不必汲汲於浮誇的創新，而是「回到笨拙的守正，即回到高雅的情趣，回到優美的語言，回到有規範意義的格律之中」。坦白說，我不禁失笑，因為他是指責那些高談「創新」的詩詞作者，「繼承傳統尚力不從心，又何來底氣與實力談銜接傳統」？

馬大勇先生似乎沒有參與到這一片喧鬧聲中。他是對的，只須冷眼旁觀這類鬥劇。

我吃驚的是新舊詩壇隔膜之深，同在中國大陸生活，新文學界根本不瞭解現當代詩詞創作的實際。

我更吃驚的是，同在舊體詩壇，相當一部分作者並不瞭解另一部分作者的創作情況。

因此，我很盼望馬先生能寫出一部《當代舊詩流派史》。它先分兩大類，一類姑名之曰雅正派，另一類曰聶派。雅正派純粹繼承前人傳統，代表人物如錢鍾書、夏承燾、錢仲聯、程千帆、冒效魯、徐燕謀等。聶派除聶紺弩外，邵燕祥主編的《當代打油詩叢書》把這一派的詩人網羅淨盡。以我所知，何永沂的《後點燈集》就是其中代表作之一。承何先生不棄，把我一篇小文附在余英時序文之後，真是附驥尾了。真如韓愈在《新修滕王閣記》所說：「名列三王之次，有榮耀焉。」

坦白說，我其實很愛讀聶派詩，它們緊貼現實，生活氣息濃。我在序裡稱頌該派詩人都是魯迅精神的傳人，他們的作品，也是新匕首、新投槍。

**師友偶記：清史大師手札**　　馬大勇

　　當然，詩的天地廣大，我們讚美雜文般的詩，也欣賞其他風格的詩，只要它們的思想性、藝術性兼善。

　　毛谷風主編的《海岳絃歌集》有我一篇序，算是我的詩學觀吧，希望大勇先生能看看，作為撰寫《當代舊詩流溜派史》時的參考。

# 隱君一首贈萬光明

　　昔讀龔自珍《記王隱君》，知市井中自有奇人，心焉慕之，而惜未一遇也。侯嬴抱關，朱亥屠狗，苟得其人，接其聲欬，非平生快事歟？

　　一夕，余偶赴友人之筵，與張國功君接席，君為述萬光明君之為人：雖貧寠，為民工，而時時訪書於窮鄉僻邑，見異書，斥重金購之弗吝。因出其所為詩若干首以示余。余讀之，聲淵淵出金石，碧海鯨魚，莫能名狀。且於吏治之窳敗，生民之疾苦，鑿鑿言之，曾不少諱。放翁所謂「位卑未敢忘憂國」，不啻為君言之。

　　余乃大驚，以為顏子簞瓢陋巷，不改其樂；王霸為其子慚，得婦一言乃解。以視萬君，非若人之儔耶？於是求一見之。

　　顧國功招之屢，輒不至。余更灑然異之，知賢士之固不可招也。

　　近讀《現代學林點將錄》裘錫圭條下，注九云：裘氏高足李家浩，曾為木工、瓦工、染工，且嘗引板車為人傭；語言學家鄭張尚芳曾為漁業機械廠磨工；潘悟雲曾為鍋爐廠車工；蕭旭僻處小城，困於生計，而著有《古書虛辭旁釋》及古文獻箋校數十種。裘君今又招三輪車伕蔡偉為博士生。天公抖擻，不復以資格限人。萬君固亦豪杰之士，不待文王而興者也。

　　余老矣，平生唯願結交天下賢者。今邑有顏子而不知，幸國功言之，而又久久不能一望萬君顏色，徒結想於無窮，其為缺望又何如耶！

　　且反覆萬君之詩，中有《〈博爾赫斯全集〉書後》七絕一首，其附言纍纍若貫珠，評騭域外文事甚悉。余於是慨然嘆曰：萬君非唯邃於舊學，其於西學尤有得也。昔人謂：「知今不知古，謂之盲瞽；知古不知今，謂之陸沉。」余為學每以此自儆。今萬君之為學乃與余同，其能謂非宿契乎？

　　昔余弱冠時，嘗奉書於馬湛翁，願侍函丈。翁以國事蜩螗，謂若相見有緣，可以俟諸異日。而陵谷變遷，翁卒橫死於「文革」，是無緣矣。今萬君近在咫尺，豈可交臂失之耶？余固當摳衣趨隅以求教於萬君也。

**師友偶記：清史大師手札**　　外編

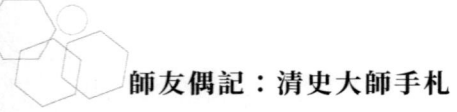

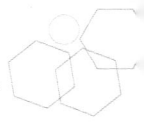

# 外編

## ▎當代知識分子是怎樣繼承和發揚中國古代士的優良傳統的？

今天的知識分子，大略等於古代的士。所以美籍華人學者余英時寫有《士與中國文化》。

我說大略，因為「知識分子」並不等於「文化人」，而是有思想的文化人。這個思想，即人文關懷的思想。明代東林黨有一副對聯，其下聯云：「家事國事天下事，事事關心。」這就是人文關懷。他們所說的「家事國事天下事」，都是國家大事，而不是「婦姑勃豀」的家務。而且這些國家大事都是當前的，而不是歷史的。中國的士人，一貫以天下國家為己任，一貫有濃重的憂患意識，一貫「位卑未敢忘憂國」。這幾個一貫，就構成優良傳統。

今天中國大陸許多知識分子，都繼承並發揚了這一寶貴傳統。下面我就介紹一下他們的言論，是正確，還是荒謬，大家可以深入思考。但是他們這種面對現實的精神，是值得我們學習的。

什麼是中國士的優良傳統？「太上有立德，其次有立功，其次有立言：雖久不廢，此之謂不朽。」（《左傳·襄公二十四年》魯穆叔答晉范宣子問）「雖久不廢」「不朽」，正指此三者已成為一種優良傳統。

具體表現為漢之黨錮，宋之太學，明之東林。

我們面對的社會現實如何呢？《參考消息》轉載新加坡紀贇的《中國政治前途面臨艱難抉擇》一文指出：「民意最為反感的現實問題，如借改革開放名義以國企私有化來鯨吞國有資產；透過教育、醫療、住房改革來加劇貧富分化；大力引進血汗和汙染工業來製造帶血的GDP（國內生產總值）；購買國外垃圾主權債券導致國策受制於人等。」

而我們一般概括為：

(1) 權錢勾結，腐敗蔓延（一把手將決策權、執行權、監督權集於一身，絕對權力導致絕對腐敗，《走出反腐困境亟需黨內權力約束制衡》）。

　　(2) 貧富差距日益拉大（世界銀行報告：目前中國 1% 的家庭掌握了全國 41.4% 的財富。吉尼係數接近 0.5，早已突破 0.4 的警戒線。《縮小收入差距，不單靠再分配》）。

　　這種社會現實是怎樣構成的？根子是什麼？根子就是權貴資本主義，亦即既得利益集團。

　　吳敬璉在《北京日報》上指出，「中國市場經濟遠不完美」，「反映在國有部門在資源配置過程中處於主導地位上。儘管國有經濟不再是 GDP 的主要組成部分，但仍控制著經濟的關鍵性領域，國有企業繼續在石油、電信、鐵路、金融等領域處於壟斷地位。

　　而各級政府在配置包括土地和資本在內的重要經濟資源上，具有巨大的權力。現代市場經濟必不可少的法治基礎尚未建立，各級政府官員擁有自行裁量權，可以透過投資項目審批、市場準入、價格管制等手段直接干預企業的微觀經營活動。

　　由於國有企業進一步改革受阻，經濟領域出現國進民退，政府以宏觀調控的名義對微觀經濟活動的干預加強，市場力量出現了倒退」。

　　這就形成新的三座大山：教育、醫療、住房。

　　中國社科院研究員于建嶸曾為拆遷問題，和江西某縣縣委書記鬧翻了。後來他到臺灣，「問碰到的臺灣老百姓：『假如政府官員把你們家房子拆了怎麼辦？』老百姓說：『房子是我的，官員怎麼會拆我的房子？』于先生堅持問：『假如拆了怎麼辦？』老百姓答：『我到法院告他。那政府官員的麻煩就大了。』于先生再堅持問：『假如法院腐敗了，官官相護怎麼辦？』老百姓答：『那我到議會那裡去告他。』于先生繼續問：『如果議員也腐敗了呢？』老百姓說：『不可能，他腐敗了，下次我不投他的票，他就當不了了。』」（《趙靈敏《臺灣：印象與思考》）

臺灣的民主也是近二十年的事，原先蔣介石是極權統治，但1987年蔣經國開放媒體，新聞自由；領導人由全民直選。（李凡《臺灣民主發展之我見》）

王毅，中國社科院哲學所研究員，2011年7月份，《南風窗》特約記者張銀海專訪他，談「跳出『歷史週期率』」。人們只知道黃炎培的「窯洞對」，那是1945年7月4日。同年9月，路透社記者甘貝爾書面提出十二問請毛澤東回答。毛澤東說要建設自由民主的中華人民共和國。「它的各級政府直至中央政府都是由普遍、平等、無記名的選舉所產生，並向選舉它們的人民負責。它將實現孫中山先生的三民主義，林肯的民有、民治、民享的原則，與羅斯福的四大自由（言論和表達的自由、信仰的自由、免於匱乏的自由、免於恐懼的自由）。」

王毅說，「以此為對照，就知道拿『中國特殊』論來抵制毛澤東此時彰揚的『自由民主的中國』多麼荒唐。《美國憲法》開篇說：『美國人民⋯⋯以樹立正義，奠定國內治安，籌設公共國防，增進全民之福利，並謀求今後人民永久樂享自由之幸福起見，爰制定美利堅合眾國憲法。』──若硬說中國特殊，不能與普世方向接軌，就等於說，只有西方人才有權利享有正義，只有他們的制度才能把『人民永久樂享自由之幸福』確定為立國之本，這是說不通的。」

我經常想起「鐵籠子」這個詞，它是「法治」的形象說法。專制政治的法是治民的，民主政治的法主要是治官的。所以，美國總統卡特說：「我是站在鐵籠子裡和你們對話。」而有些官員卻罵老百姓：「從來只有當官的坐轎騎馬，你們當百姓的也想？呸！」

蘇聯為什麼崩潰？那種體制必然產生特權階層，是它導致了蘇聯的滅亡。黃葦町的《蘇共亡黨二十年祭》分析得很清楚。上海社聯主辦的《探索與爭鳴》2011年第8期左鳳榮（中央黨校博導）的《從史達林到戈爾巴喬夫──澄清一些被曲解的蘇聯史實》很值得細讀。

《中國改革》，是國家發展和改革委員會主管的，是官方刊物，2011年第8期，賴海榕（中央編譯局研究員）發了一篇《以主動改革應對中東巨變》。

該文指出巨變原因：政治上，長期由政治強人及其家族掌握統治權，導致嚴重的貪汙腐敗，壓制人民的政治權利，要麼不選舉，要麼假選舉，保證自己無限連任下去。

在國家暴力機關的壓制下，民眾無可奈何，內心卻累積了強烈不滿，等待爆發時機。如突尼斯的民眾運動，即由於街頭小販，被城管暴力執法，憤而自焚，引起民眾示威，進而演變成大風暴。其餘如埃及、利比亞、敘利亞都是這樣。經濟上，這些國家近年來都是物價飛漲，基本生活資料價格上漲更快。

同時，失業率攀升到 10% 至 20% 之間，其中青年失業率更高達 25% 至 40%。此外，貧富差距懸殊，有些國家貧困人口占全國人口 40%。這次民眾運動的主力軍恰是青年和貧困人口。《南方週末》2011 年 9 月 15 日頭版頭條即《趕走卡扎菲的年輕人》（第 1439 期）稱：失業和貧窮的經濟困難點燃了長期堆積的政治火藥，引爆了西亞和北非的政治大變局。

該文談到「中東巨變對中國的影響」。主要是民主化：如埃及，全民公決。

（一）多黨自由選舉總統。總統任期四年一屆，最多兩屆。防止無限任期導致獨裁。

（二）降低總統候選人資格限制，使更多的人能參與總統選舉的競爭。

（三）保障組黨自由和言論自由。總之，中東各國民眾已經積極行動，發出自己的聲音。

因而作者提出，「中國應主動加快改革」。主要是「大力提高人民對政治過程的參與度」。例如，縣鄉兩級人民代表大會的直接選舉，應該提倡和鼓勵公民個人自薦為候選人，提倡和鼓勵候選人之間展開競爭，讓群眾自由投票選舉人民代表。不要害怕讓那些愛挑地方政府刺的人當選。「創造容許和鼓勵縣鄉官員由人民直接選舉產生的制度框架，增強人民對地方官員的監督。」

對中國的事,只能一步一步求改進。作者提的意見,從基層的民主化做起是穩健而有效的,問題是各級地方政府官員一定要具備真正的民主素質,真正做人民的公僕。

以上我介紹了幾位學者對中國社會現實的分析。概括來說,政治必須民主化,權力必須制衡。只有這樣,中國才能避免走蘇聯的老路。

中國共產黨是一個集合了非常多的精英分子的黨,它一定能吸取蘇東巨變的教訓,也能應對當前中東民眾運動的形勢,沿著有中國特色的社會主義道路前進。像吳思所說的,讓中國人民活得有尊嚴。

## ▍苔花如米小,也學牡丹開

古典文學研究,應該回到文學本身。我研究清詩,是研究清代士大夫的心靈史,目的是瞭解他們在專制政治壓力下的掙扎、徬徨與追求。如對吳兆騫的論析,我根據他的《答徐健庵司寇書》中「遷謫日久,失其天性」一段話,寫了如下一段:從這裡,我們可以得到一個新的啟發:憤怒固然出詩人,但這首先得有個允許你憤怒的環境。如果處身於極端專制的高壓之下,你連憤怒也不可能,哪裡還會有真正的創作。秦朝沒有文學(除了李斯的歌功頌德之作),其他最黑暗的專制野蠻時代也沒有真正的文藝(只有瞞和騙的文藝),不僅是客觀條件不允許作家說真話,某些作家甚至主觀上也喪失了創作的靈感。

吳兆騫這則詩論就說出了作家主觀條件的問題。所以,它是深刻的,是前無古人的。他的靈魂深處的躁動和苦悶,實在類似司馬遷。但司馬遷能利用私家修史的地下活動,創造出偉大的「謗書」——《史記》。吳兆騫遭難後的二十三年,卻始終生活在專制魔掌之下,連內心世界也毫無自由。他只能在「失其天性」的情況下,被扭曲地寫出自己的某些痛苦。這就是紀昀等人所謂「自知罪重譴輕,心甘竄謫,但有悲苦之音,而絕無怨懟君上之意」。

我這樣做,是控訴專制統治的罪惡,指出民主政治的歷史必然性。我常說,學者必須是一個思想者,不但不能做權門的鷹犬,也不能做權門的草木。

拿現在的話來說，即不但不能做幫兇，也不能做幫閒。我尊敬顧炎武（亡國與亡天下之別）、戴震（以理殺人）、汪中（稱揚墨子），對閻若璩，則只佩服他的學問。

為了做一個有思想的學者，我以為：

第一，必須認真讀書，尤其要根柢紮實。呂思勉：「中國文學，根柢皆在經史子中，近人言文學者，多徒知讀集，實為捨本而求末，故用力多而成功少。」（《經子解題》）朱光潛：「經史子為吾國文化學術之源，文學之士多於此源頭吸取一瓢一勺發揮為詩文。」若「僅就詩文而言詩文，而忘其本，此為無根之學」。（《文學院課程之檢討》，收在《朱光潛全集》第9卷）不可如余秋雨之大言欺人。

欒梅健《余秋雨評傳》第221頁：「在『文革』後期也曾閱讀過不少的諸如《古今圖書集成》《二十四史》《四部叢刊》等古典文化遺產。」此純謊話！《集成》一萬卷，且為類書，僅供查考，無人通讀。二十四史，章太炎說：「一部二十四史，三千二百三十九卷，日讀兩卷，四年可了。」至於《四部叢刊》，如他真讀了，決不會以「致仕」為「出仕」。（《禮記·內則》：「命以大夫，五十服官政，七十致事。」《公羊傳·宣公元年》：「古之道不即人心，退而致仕。」）

第二，立論必溯源窮流，廣徵事例。余英時《俠與中國文化》，收在《現代儒學的回顧與展望》一書中。論俠，他以為起於戰國，證據是《史記·遊俠列傳》。不知其源應溯《周禮地官大司徒》：「二曰六行：孝、友、睦、姻、任、恤。」《經籍籑詁》釋「任」；《孟子·公孫丑上》：北宮黝、孟施捨之養勇；馬援戒兄子嚴、惇書；龔自珍《尊任》；譚嗣同《仁學》主張唯存「朋友」一倫。（按：參見拙著《大螺居詩文存》一書的《有關「任俠」的幾個問題》。）

第三，治學應古今中外，無抱殘守缺。戴震：「學貴精不貴博，吾之學不務博也。」（《年譜》）我則不然。平生蓄疑，試舉數端，以求教於諸大雅君子：

人性善惡。孔子、孟子、荀子、揚雄、韓愈、黃宗羲、顧炎武、龔自珍、史賓諾沙、盧梭、愛爾維修、霍爾巴赫、亞當斯密（社會繁榮是人們受私利驅動而獲得的成果），而說得最透徹的是洛克、羅爾斯，尤其是羅爾斯，他把人性自私和民主政治的關係闡釋得警辟之至。我是透過一生經歷才體會出來的，他卻早從理論上闡發了。

　　天理與人欲。朱熹：「人欲之恰到好處，即是天理。」王夫之：「人欲之各得，即天理之大同。」戴震見解全同朱熹，所謂「存天理，滅人欲」，以此為程、朱罪，純屬誤解。

　　人中。元人楊瑀《山居深語》記陳鑒如寫趙孟像，趙援筆改正，謂曰：「人中者，自此而上，眼耳鼻皆雙竅；自此而下，口及二便皆單竅，成一泰卦也。」泰乾下坤上，泰。元人陶宗儀《輟耕錄》卷五、趙台鼎《脈望》卷五，皆同。清人尤侗《艮齋雜說》卷七引陶九成說：「人身有一泰卦：眼耳鼻皆雙竅，為三陰；口二便皆單竅，為三陽。鼻下唇上為人中，人為天地之中也。蓋人身有小天地也。」

　　生理現象附會人際關係，自古已然，於今尚有。人愛子孫，甚於愛父母，謂「眼睛總是向下看」。元、清皆少數民族統治中國，專制壓力更大，乃有此說。其理論根據出於《左傳·成公十三年》「民受天地之中以生」。《易》之泰卦：「天地交而萬物通，上下交而其志同。」這兩段話結合起來，反映出一種願望：做一個頂天立地的人，生活在和諧社會裡。

　　毫不利己，專門利人。經濟學家茅於軾言：此一原則自相矛盾，因為以此推論，地球上的人只能向外星人做好事。茅還認為，人類在生物進化過程中幸而自私，否則早已被淘汰掉了。《鏡花緣》中君子國，賣者自稱商品質劣價高，購者亟言物美價廉，堅求多付錢。其所以使人發笑，即因其全悖人性。

　　我說這些，似乎瑣碎，其實是為了研究一個大問題，即人性如自私，則社會制度應「因民之所利而利之」。應如禹之疏九河，而不可如鯀之堙洪水。中國改革開放，由計劃經濟轉型為市場經濟，即其明證。1978 年，安徽鳳陽

梨園公社小崗生產隊十八個農民蓋了血手印，自發起來搞包產到戶，使人民公社解體。這種現象，不從人性的高度和深度去剖析，問題是永遠說不清的。

謝謝諸位。

# 我與《清詩流派史》

我非常高興，今天，福建師大文學院博導、閩南科技學院院長郭丹教授，陪伴超星學術視頻的陳劍鴻等三位先生，到我校給我這一次講學進行錄像。我感到萬分榮幸！

講到《清詩流派史》，我不能忘記郭丹教授和劉松來教授。為了出版此書，他們多方奔走。松來曾向中華書局推薦，郭丹則介紹到臺灣出版繁體字版，不久，又介紹給人民文學出版社出簡體字版。沒有他們的努力，此書能否問世，真很難說。

我為什麼要寫《清詩流派史》呢？這源自我的憂患意識，即追求民主政治。清代和我們離得很近，這兩百多年內的士大夫，他們的處境：前期對明代皇權暴政有切膚之痛，又對滿族壓迫勢不兩立；康雍乾的文字獄，使士大夫痛入骨髓；道光以後，逢「三千年未有之變局」（李鴻章語），更使士大夫由苦悶、徬徨中形成種種趨向。總之，中國的內憂外患，其禍根就是皇權專制。藥方只有一個：民主與法治。

於是，我想，我應該透過清代詩人的詩作，剖析士大夫們的心態，看他們在皇權高壓下，有些什麼具體表現。

表現無非三種：擁護、反抗、逃避。而其中又千絲萬縷，矛盾重重。即使擁護皇權者，如沈德潛、翁方綱，主僕之間，僚屬之間，也是恩怨無窮的。一切不人道、不合理的現象，其產生，固有它的合理性，其滅亡，也有它的必然性。必須透過重重迷霧，使讀者讀出歷史的必然，從而勇氣倍增，敢於戰鬥。

我就是抱著這麼一個明確的目的，來構思清詩史的章節，動手蒐集並整理資料的。

為什麼後來改為清詩流派史？那是因為考慮到，既寫斷代文體史，必須體現文學史的內在規律性，尤其必須反映出清代詩壇流派紛呈的特點。

　　一切歷史現象，從宏觀上看，有其偶然性，而從微觀上說，都有其必然性。清代詩壇上，每一個流派的出現和消亡，都經歷著它的合規律性與合目的性的過程。

　　我真正動手寫這本書，是在江西師大中文系任教後。我沒申請過一分錢的科學研究經費。在臺灣文津出版時，我得到一千多美金的稿酬。而在大陸出版，完全自費。有意思的是，人民文學出版社古籍部負責人聽到郭丹教授說，我完全是自費，該負責人很難過，於是決定請我為該社選注清代古文，這就是松來教授和我的《清文選》，拿這書的稿費作為補償。

　　可以自慰的是，這麼一本書，得到學術界的認可。

　　首先是《文藝研究》編輯趙伯陶先生，透過郭丹教授的介紹，我贈了他一本書，他立刻在《中國典籍與文化》2001 年 3 期上發表了一篇書評，題為《從臺灣出版的兩部大陸學者的清詩專著談起》。他指出，「基本以詩派統攝詩人，是本書最鮮明的特色」；又指出，「共時性的比較與歷時性的研究的統一，也是本書的特色」。

　　1999 年《泰安師專學報》第 21 卷第 5 期，發表了張仲謀先生的《二十世紀清詩研究的歷史回顧》一文，把他的導師嚴迪昌先生的《清詩史》和我的《清詩流派史》，評為「標誌著這一時期清詩研究的發展水準的」、「頗有份量的著作」。

　　認為我的《清詩流派史》「既不是梁崑《宋詩派別論》那樣單個詩派的各別論列，亦不同於一般的斷代詩史，而是根據請詩流派相承、派外詩人較少的特點，把河朔、嶺南、虞山、婁東等十九個詩派，與不必為某一流派所範圍的顧炎武、龔自珍等人，根據彼此之間，或並時共處，或前後相承等關係編織起來，從而展示出清詩發展歷程中流派紛呈的繁富景觀」。

　　張先生此文，後來收入其《近古詩歌研究》一書。

## 師友偶記：清史大師手札　　外編

我長張先生三十二歲，但在學識上，他真是我的畏友。我在《文藝研究》2005年第6期郭丹教授所作的訪談錄中，曾特別表示對他的推重。但是，最近把他那本《近古詩歌研究》看了一遍，不禁大吃一驚。松來教授曾說，我不輕易稱讚人，這是事實。因為現在真正做學問的人，實在太少了。可是像張仲謀先生這樣的中年學者，造詣那麼高，我真不敢輕量天下士了。將來在清詩研究方面，他一定會做出大成績來的。如果超星還沒發現他，我倒願鄭重推薦。

《光明日報》2004年7月15日「書評週刊」發表了葛雲波先生的《清詩研究的「經典性成果」》一文。該文先介紹《清詩流派史》在臺灣文津出版後，「收到不少學者的盛譽，如白敦仁先生評，『是書如大禹治水，分疆辟野，流派分明』。『若網在綱，二百年詩歌發展痕跡，便覺眉目清楚，瞭然於心』。屈守元先生評此書『既紮實，又流暢，材料豐富，復有斷制，誠佳作也』。張仲謀先生認為這本書與嚴迪昌先生的《清詩史》，同是清詩研究的『經典性成果』」。

葛文認為，「近十年來，清詩研究的熱潮不斷升溫，各種論著和論文相繼問世，然而，能像《清詩流派史》這樣厚重的論著尚屬少見。在內地大力推薦該書是必要而又迫切的」。認為人民文學出版社出版了該書，「這對內地古典文學的研究將有極大的推動作用」。

此文指出，「作者不僅沒有像過去的一些文學史一樣塊塊結構地介紹作家生平、思想、作品特點而羅列成史，而是注意『時代要求、文學風尚及詩人主體的審美追求』三者緊密聯繫，力求追索詩歌發展的內部規律和遞變，並不時表達自己的獨到見解。這些都是作者著意追求的結果。他說：『我一向要求自己厚積薄發，著書必須有自己的見解。』並簡略列舉『《清詩流派史》的創見』四十條，以為『自我肺腑出，未嘗隻字纂』」。

其言其行都顯示出作者獨立的學術人格。這種獨立精神不僅表現在其開拓性研究上，還表現在作者不妄隨人言，亦不為大家所籠罩上。作者往往敢於直言一己之見，作鞭辟入裡的論析」。

葛文最有價值的是末段：「作者視野廣闊，用功復勤，表達出獨出心裁的學術觀點，撰成大著，自然稱得上學問家。但作者不專『為學問而學問』，撰成是書，尚有其良苦用心。作者在其《在學術殿堂外》曾舉《清詩流派史》的重點：

一、透過吳兆騫說明專制高壓會使人『失其天性』；

二、透過譚嗣同說明民主意識的產生及其重大意義；

三、透過釋函可說明韌性戰鬥的重要。

作者在其中推崇的精神在今天看來是多麼的重要。王曉明在《思想與文學之間》中所表達的知識分子的憂慮，正在於這些精神在今天的喪失。在《清詩流派史》出版的同時，人民文學出版社推出了南京大學現代文學研究中心主編的《雞鳴叢書》（王曉明《思想與文學之間》即為其中一種），意義是深遠的。

劉世南先生引杜甫《題李尊師松樹障子歌》『更覺良工心獨苦』，並蘇軾的解說：『凡人用意深處，人罕能喻，此所以為獨苦。』劉先生這種焦慮與《雞鳴叢書》的作者們是不謀而合的。因為有深切的人文關懷，作者在行文中便不免充滿或喜或憂的情感脈動。試看第二章第四節中有云：『函可遭到清代第一次文字獄的迫害，滿腔義憤，噴薄而出，化為詩篇，是控訴，也是抗爭，因而字字是血，句句是淚。讀它們，你會感到阮大鋮《詠懷堂集》的藝術性固然只能引起惡心，就是那班寄情風月、托興江山的閒適之作也是渺小的。』『讀著這樣的血淚文字，我們會想起文天祥、史可法，它們真是民族的脊樑和靈魂！』作者將釋函可單列一節與其他大詩人並列，不僅是將他推上詩史，更是要將他推上民族的精神史！」

葛雲波先生真是我的知音！「海內存知己，天涯若比鄰。」這樣的知音，一定會越來越多。反專制，反皇權，政治民主化，這是世界潮流。我們順流而下，一定能把一切不民主的制度打得粉碎。

2011年1月5日，雲波給我寄來了一封掛號信。一方面說我的《大螺居詩文存》「為學者必讀之書」，並說該社古籍部負責人也看了，「亦嘆學殖

之深，非凡之作」。另一方面說，「我社預備推出『中國斷代文體專題史』，遴選數十年來之文學史名著，匯而刊之，以餉學林。其中即包括大著《清詩流派史》，此一喜訊，特告之」。

《清詩流派史》遠遠夠不上「名著」，這點我自知甚明，我最感惋惜的，是汪辟疆、錢仲聯、錢鍾書三先生，沒有寫出一部清詩史。我曾設想，如果我能做錢鍾書先生的助手，和他合作，一定能寫出一部《清詩流派史》的名著來。錢先生思想境界高，學識淵博，淹貫中西。這個計劃落空，真是天壤間一大憾事。好在張仲謀諸君繼起有人，將來一定有真正的名著出現。

比較欣慰的，是我寫《清詩流派史》，在方法論上，頗有新意。文學史要體現文學發展的規律，這點已成文學史家的共識。我在力求做好這點的同時，特別有意識以民主政治為目標，從而分析清代各派詩人在皇權高壓下的種種心態。民主意識，從黃宗羲《原君》「天下為主君為客」，就可以看出民主意識的覺醒。

去年 70 週年校慶，我為學報寫的論文，說明了這一思潮，其來已久，不過是由黃宗羲做個突出的代表而已。這樣來運用清代詩人們的各類詩作，資料越多，我卻「多財善賈」。因為一線可以穿起滿地的散錢（蘇軾語）。此一線，即民主政治。如此寫文學史，從方法論說，似乎我是第一個吃螃蟹的。

也許有人會說，你這不類似漢儒解《詩經》，沈德潛選歷代詩，純從政教角度去定去取嗎？不，漢儒說《詩》，強古人從己，牽強附會；沈德潛不選王次回詩，袁枚指責他「詩道不廣」。我的方法論從本質上和他們不同，完全是從研究對象的實際出發。清詩所反映的種種心態，正因為我高懸「民主政治」這一目標，對它們才看得更清晰，更深刻。

如吳兆騫的「失其本性」，你不會聯想到巴金、曹禺他們，經過種種政治運動，一直到「文革」，真以為知識分子有「原罪」，真是「一無是處」，該像郭沫若那樣，把自己的作品全部燒掉。改革開放後，才知道原來自己被愚弄了，「失其本性」了，這才要寫《真話集》。

沈德潛選的幾種別裁集，強調「序人倫，成教化」，適成其為皇權的幫閒，實際是殺人不見血的軟刀子。這種御用文人、御用學者，當代層出不窮，為房地產商辯護的經濟學家，就是一例。《清詩流派史》正是反其道而行之。澳門大學郝志東教授說得好：「只有能夠帶動政治、經濟、社會、科學等發展的學問才是好學問。」願我們大家以此共勉。

前面我說過，寫《清詩流派史》，我沒有申請過一分錢的科學研究經費。正如郝志東教授所說，「沒有權力的學者們的研究需要被忽視了。他們只能靠自己的學術良心，自求多福」。我實在也不願去奔走。我一生堅持不以學術徇利祿，「板凳甘坐十年冷，文章不寫半句空」。只是眼看著學術行政化的結果，人民的納稅錢，化為科學研究經費，不知究竟能出多少真正有價值的科學研究成果？

謝謝大家！

# 談「公天下」及其他——讀書三悟

清代乾隆年間的汪中，是大學者、思想家，也是出名的狂生。據洪亮吉《更生齋文甲集》卷四《又書三友人遺事》一文說：「汪曾說當時『揚州一府，通者三人，不通者三人』。」從前我就知道這個故事，但直到現在八十四歲了，才真正理解他的所謂「通」與「不通」。

例如照舊的說法，夏商週三代，都是「封建親戚，以藩屏（王室）」（《左傳·僖公二十四年》富辰之言，我改原文的「周」為「王室」），歷代都是世襲制，不但天子、諸侯、卿大夫是世襲的，就是士、庶人亦然，所謂「士之子恆為士」「工之子恆為工」「商之子恆為商」「農之子恆為農」（《國語齊語》）。

又例如陳涉說：「王侯將相，寧有種乎？」（《史記·陳涉世家》）

上面兩段，我很早就知道（《左傳》幼年背誦過，《史記》也早看過），可從來沒有把它們聯繫起來考慮過。

### 師友偶記：清史大師手札　外編

直到最近閱讀了錢伯城先生的《讀〈封建論〉》和《再讀〈封建論〉，並解讀毛澤東讀〈封建論〉詩》，才恍然大悟：陳涉的話，正因為秦已改封建為郡縣，貴族不可能世襲，平民也可以成為王侯將相，陳涉這個僱農才會說出這種話來。

這種思想，在先秦時代，任何平民的頭腦裡都不可能產生。這真是「存在決定意識」，也是錢先生所說的「制度的革命，導致人們思想觀念的變化」。這是我的新悟之一。

但錢先生把劉邦說的「大丈夫當如此也」（《史記·高祖本紀》），和項羽說的「彼可取而代也」（《史記·項羽本紀》），也說成和陳涉一樣，是因為「世襲制崩潰，即使是神聖不可侵犯的帝王寶座已不再是一姓一家的私物，有力者皆可取而代之了」。

這卻不合歷史事實。因為秦始皇改封建為郡縣，只是取消了諸侯卿大夫的世襲制，並沒有廢除皇帝的世襲制。自秦迄清，儘管改朝換代，而在每一個王朝中，帝位仍然是世襲的。所以，我認為，劉、項的思想，先秦早就有了：「天命靡常」（《孟子·離婁上》），「天命有德」（《尚書·皋陶謨》），後來史傳裡常說的「天命不於常，唯有德者居之」，就是上兩句的綜合。堯舜禪讓，自然是儒家的美化；夏、商、周的嬗變，所謂「湯武革命」，表面上說是「以至仁伐至不仁」，實際是「征誅」，用武力爭奪，所以《尚書·武成》才有「血流漂杵」的記載。

另外，錢先生認為，制度和政權並不一致，如秦的郡縣制，是「良法美意」，所以，不但「漢因秦法」，而且直到清朝，也都是實行郡縣制，這就是毛澤東的詩所說的「百代都行秦政法」；但是，秦始皇的政權卻暴虐其民，以至二世而亡。可見制度好，不能保證政權一定也好。

我則認為制度與政權是一致的。不論封建制還是郡縣制，掌握最高權力的都是皇帝。秦之所以改封建為郡縣，正是鑒於周朝的春秋、戰國時代，諸侯尾大不掉，王室成為贅疣。始皇懲其弊，於是集中權力到皇帝手上，將相只是高級助手，其餘文武百官，以至地方上的郡守縣令，都是聽命於皇帝，皇帝親操生殺予奪之權。

封建制是地方分權，郡縣制是中央集權，形式不同，實質一樣，就是維護領主和地主的階級利益。這就無怪在封建制度下有桀、紂，有幽、厲。郡縣制的歷代，自秦、漢迄明、清，也是創業之主，平徭減賦，勸課農桑，皇帝恭儉率下，衣必重浣，食不兼味；而至其子孫，則驕奢淫逸，橫徵暴斂，終致農民起義，推翻這舊王朝。但新王朝仍然如此循環，形成黃炎培、張治中、傅作義分別對毛澤東提出的興亡週期律。

　　所以，我肯定：制度與政權是一致的。毛澤東也早就指出了：只有民主，才能使新政權跳出興亡週期圈。

　　而民主正未易言，蘇聯為什麼崩潰？不必等待哈耶克的預測，陳獨秀晚年早已指出：史達林模式是蘇聯的集權制度造成的，不改變制度，史達林政權還會不斷地出現。

　　因此，人類社會的「公天下」，柳宗元的《封建論》還沒有說到點子上。我們現在可以得出一個結論：先秦的封建制，固然是「私天下」，就是實行郡縣制的秦迄清，也還是「私天下」。只有真正的民主政治，把最高權力集中到人民手上，由人民的代表選舉最高領導人，而且沒有終身制，任期屆滿就改選，這才是從根子上做到了「公天下」。

　　我幼時即聽說民權有四：選舉、罷免、創制、複決。還聽到權力制衡的種種學說。可見只有主權在民，一切公務員才會真正成為公僕，而不是華君武的漫畫：兩個精疲力竭的轎伕，抬著一個腦滿腸肥的官員，那官員卻從轎子窗口伸出頭來說：「我是公僕。」

　　這是我的新悟之二。

　　以上是我這些「新悟」，除了源自錢伯城先生的兩篇關於《封建論》的文章外，還由於資中筠、陳樂民兩先生主編的《冷眼向洋：百年風雲啟示錄》（《博覽群書》發表了資、陳兩先生的《〈冷眼向洋〉修訂版序言》和對這套叢書的譯介），廖靜農先生的《感受美國》，和徐秉君先生的《重新崛起的俄羅斯》對我的啟迪。資先生的《20世紀的美國》給我印象最深的，是美

國民主政治之所以成功，完全因為人民的民主素質高，加上權力制衡的制度好，官員無法濫用權力。

反觀中國，民智確實相差懸殊，隨便搬用西方民主模式，可能會被某些野心家利用，形成暴民政治。但我想，我們還是應該奮起直追，儘量開發民智，正如從游泳中學游泳，從戰爭中學戰爭，千方百計讓人們不斷進行民主的實踐，從而日益提高其民主素質。其實事關切身利害，把民主基本原理講清楚了，即使文化素質較低的勞動大眾，也能順利地完成各種民主程序。問題倒在於強勢群體為了維護既得利益，總是藉口「中國人民素質低」，阻撓民主政治的實施。這是值得我們百倍警惕的。

任何政黨，任何政府，只要真正「全心全意為人民服務」，一定會獲得人民的擁護。因為只有真正的公僕，才能做到「服務」；而做官當老爺的，對人民只是「統治」。據說李慎之晚年最大的心願是寫一部公民教科書，用以提高中國人民的民主素質。我認為，還應該有人寫一部公僕教科書。近一段時間，三個縣，或者縣委書記，或者縣長，因為下屬批評自己，就動用公安力量加以拘捕，有的縣還派人去拘捕《法制日報》女記者。這都是因為這些「縣太爺」在其「一畝三分地」內統治慣了，根本不知何謂「公僕」。再不補課，還不知道會鬧出多少濫用公權力的笑話來。

只有真正的公僕，才能做到權為民而用，利為民而謀。

廖靜農先生的《感受美國》，見於《湖湘論壇》2007年第6期。此文最大特點是，客觀、公正，毫無偏見，儘量讓事實說話。例如全球衛星790顆，其中美國413顆，俄羅斯87顆，中國34顆。2006年，美國的GDP是132216.85億美元，中國是26301億美元，美國是中國的5倍多。美國的GNP是43995美元，中國是2001美元，美國是中國的22倍。廖文分析美國的強大原因，是開放、包容、創新，利益至上，追求共贏。認為中國應學習它的重視人才，依法治國，和它實現雙贏。

徐秉君先生的《重新崛起的俄羅斯》，見於《對外大傳播》2007年第12期。徐文介紹：目前俄國中產階層人口占全民的30%至40%，自覺屬於中產者已過總人口半數。而1998年（俄國巨大經濟危機時期）只有3%的

人滿意自己的境遇，認為生活最糟者占 59%。2005 年，俄國 GDP 達 7658 億美元；2006 年，約 8630 億美元，超過蘇聯時期的最高水準。

徐文說，英國劍橋能源研究聯合會 1980 年年初曾預測蘇聯將於 1990 年年初進入衰退和混亂期，不幸言中。現在它又預測，俄國的 GDP 將分別於 2018 年、2024 年、2027 年和 2028 年超過意、法、英、德。徐先生是解放軍 93272 部隊政委。蘇東劇變後，中國報刊報導多為負面消息，現在看到它的生產已經超過蘇聯時期，而且正在飛躍前進，人們應該欣慰。

我的「新悟」之三是什麼呢？說來真慚愧不已，「自由」「平等」「博愛」，這也是我讀小學時就耳熟能詳的，可是只知道是「自由戀愛」「人類平等」，諸如此類的膚淺認識。直到最近看了黃萬盛先生的《革命不是一種原罪──〈思考法國大革命〉中文本序》（見《人文隨筆》2005 夏之卷），才恍然大悟：原來中華人民共和國建國初期，政治學習材料上說，資本主義國家兩黨輪流執政，是虛偽的資產階級民主，只維護資產階級利益，是欺騙工農群眾的。

經過黃文分析，並不是這麼一回事。首先，「自由」是指自由競爭。在市場經濟中，個人充分發揮自己的才智，儘量創造財富；政治上也是自由競選，每個成年公民都可以競選總統。而「平等」則是指社會分配的公平。因為「自由」的結果，必定產生強勢群體和弱勢群體，如果不用「平等」來調節，那就必然形成強凌弱、富欺貧，最後激發革命。

「平等」正是用第二次分配來解決社會貧富差距過大的問題。而這正是由於民主政治的基礎是「博愛」。這是對整個社會群體（包括有產者與無產者）的愛。民主政治的成功，就因為它既能充分發揮個人的能動性，又能照顧到社會全面的福利。

經過黃文點明，我才真正瞭解了兩黨制。原來在法國，左派強調「平等」，右派強調「自由」；在美國，民主黨側重「平等」，共和黨堅持「自由」；在英國，工黨突出「平等」，保守黨鼓吹「自由」。所謂兩黨制，其實是互相調節，相輔相成。

而這些，資中筠先生在《20世紀的美國》一書中，已做了更為詳細的說明，更為透徹的分析。正如朱尚同先生所介紹的，「美國社會發展有兩條線索，一是自由主義中的社會達爾文主義，強調自身競爭，反對政府干預。

但如果只有這一條主線，發展下去必將使美國成為弱肉強食的國家，可能引起動亂乃至革命。但美國發展還有另一條主線——即改良主義思想，主張實行福利政策，更傾向於平等，反對壟斷」。

值得注意的是，北大國際關係學院潘維教授在《環球時報》2008年1月28日第11版上發表了《要敢與西方展開政治觀念競爭》一文，第一部分第6段有這麼幾句話：「而美國在制度上排斥第三黨，其兩個黨的政綱看上去比共產黨更像一個黨，卻依然是『真正的』自由民主。」這使我又彷彿回到中華人民共和國建國初期在政治學習資料上所看到的。好在看了黃萬盛和資中筠諸先生的論著，再也不會輕信了。

潘先生是名校教授，竟然說出這樣的話，是無知還是偏見？難怪文章一出，《環球時報》在2月5日、14日、22日接連刊發反駁他的文章，如《別發動意識形態大戰——與潘維教授商榷》（龐中英）、《不要把自由民主妖魔化——與〈敢與西方展開政治觀念競爭〉作者潘維教授商榷》（劉建平）、《別老想像中華文明會被征服》（譚中）。

總結以上「三悟」，人類社會的歷史發展軌跡證明由「私天下」而「公天下」，實乃勢有必至，理有固然，此即孫中山先生所謂：民主潮流，浩浩蕩蕩。順之者存，逆之者亡。

我曾在收到資中筠、陳樂民兩先生贈書後，寫了一首七律：「教科書正教公民，民智日開政日清。強記賭茶誇趙李，博聞覺世拜資陳。佳人絕代成嘉耦，國士無雙現二身。平等自由工說法，歐風美雨已知津。」

恰可為本文總結。

# 夜見劉峙

　　1949年上半年，我在吉安私立至善中學任教。那時，國民黨政府已由南京遷到廣州。淮海會戰時，曾任「徐州剿匪總司令」的劉峙也攜帶家眷逃到廣州去，路經吉安，住在馬鋪前扶園中學。我是扶中第一屆初中畢業生，劉峙是掛名的校長，雖然他從未和我們見過面，說起來總算師生關係。至善中學校長陳啟昌先生，原是扶中創辦時的代校長，這時看見國民黨兵敗如山倒，想要我去見劉峙，聽聽他對時局的看法。

　　我當時雖然還沒有參加地下黨，但幾年來思想已經越來越激進。任教遂川縣中時，曾因經常在課堂上和課後指責國民黨，讚美延安和蘇聯，一次學潮中，反動當局密謀逮捕我，幸虧學生胡興郅通知，又得到另一學生歐陽光遜的幫助，才拋棄行李隻身逃脫虎口。接著在吉安聯立陽明中學任教，由於同樣原因，又被校方解聘了。所以現在聽到陳老師要我去以學生之禮謁見這位「劉校長」，我就決定不但要聽他談時局，還要勸他學傅作義起義。

　　記得那是一個風雨交加的夜晚，我和一位吉水姓郭的校友，一道去馬鋪前扶中求見「劉校長」。劉峙接見了，地點就在大廳。一張長方形會議桌，他坐在下首，背對廳門；他的一夥衛士就坐在廳門兩邊的廂房裡。我和郭則分坐在會議桌的左右，緊靠劉峙。

　　我坐在他左邊。因為我從來沒見過他，所以談話時注意看他的模樣。他是個大胖子，胖得看不到脖子，下巴和脖子一樣粗。他一坐下，就問：「你們要談什麼？」說的是吉安話，鄉音相當重。我們請他談談對時局的看法。他講了幾句冠冕堂皇的話，語調是淡漠的，好像打不起勁頭。我故意問：「看來吉安也快要被他們占領了，我們該怎樣應變呢？」他仍然用淡漠的口吻說：「大家團結一致呀……」我直率地說：「這太空洞了。請問具體做法是什麼？」他沒有作聲，苦笑了一下。

　　我說：「共產黨勢力越來越大了，難道他們提出的新民主主義真能在中國實現嗎？」他突然睜大眼睛，說：「他們會這樣做的。不但中國，全世界也會這樣做。窮人受有錢人的欺負太久了，按天理良心，也要翻過來了。」

**師友偶記：清史大師手札**　　夜見劉峙

這倒出乎我們意外，我不由得說：「校長，你難道也看了他們的書？」他點點頭，說：「我自然瞭解他們那一套。不過——」他沉吟了一下，很快接著說，「他們是不會成功的，中國的問題，還是實行總理的三民主義，才能解決。」我說：「國民黨搞了幾十年，貪汙腐敗，實行了三民主義嗎？」

他嘆了一口氣說：「這都是四大家族搞的囉！蔣先生他並不瞭解民間的實情，民窮財盡，老百姓都恨毒了我們國民黨，其實都是四大家族搞的！」我同情地說：「難怪兵無鬥志，國軍老打敗仗。」他好像被刺痛了，提高嗓子說：「我有什麼辦法？不行呀，一個營一個團調動，都要用電話向蔣先生請示，由他直接指揮。可是兵貴神速，經過這麼一轉折，軍機往往就錯過了，怎麼不打敗仗呢？」

他還說：「你以為蔣先生信任我麼？他只信任宋家孔家。」我們靜靜地聽他說，眼睜睜地望著他。看見他沉默下來，我試探著問：「現在國共雙方正在進行和談，大局可能有轉機吧？」他搖搖頭說：「這是幌子，假的，打到這個地步，哪裡還談得成！蔣先生是為了爭取時間，好重新部署進攻的軍事力量啊。」他又長長地嘆了一口氣，說：「沒法子，我只好吃口閒飯，這次回來，就是求個安閒自在。」

聽到他這些像是發自內心的牢騷話，我認為時機成熟了，便根據自己平時從《群眾》《觀察》等刊物所學到的時事知識，從政治、經濟到軍事、外交進行分析，結論是國民黨政府非垮不可。我勸他選擇走向人民的道路，像傅作義那樣起義。

在我這樣滔滔不絕地談話時，激烈的話語驚動了大門兩廂的衛隊，他們拔出手槍拍在桌子上發出示威的巨響，似乎在等待劉峙的一聲令下，就好跳出來抓住我。急得對面坐的郭不斷從桌下伸過腿來踢我的腿，示意我不要再說下去。

這時，劉峙緩慢而艱難地轉過半邊臉去，朝右邊廂房的衛隊說：「你們做什麼？」然後轉回頭來對我說：「我知道你們年輕人都受了共產黨的影響，巴不得他們快些來，但是，你們將來會後悔的。至於說要我走傅作義那條路，那是不行的，我不能對不起蔣先生。」我正要再說，忽然劉峙的如夫人黃佩

芬抱著一個全身穿紅毛繩衣褲的嬰兒，出現在大廳的門口，厲聲對劉崶說：「你進來嘛，盡跟他們說什麼！」

黃佩芬原是我們初中的音樂美術老師，吉安社邊黃家人，素來說一口純正的京腔。我和郭剛進來時，曾向劉崶說，要請「黃老師」出來見見，劉崶說她已帶小孩睡了。現在看到她那聲色俱厲的樣子，我們也就不便上去和她敘師生之誼，便站起來向劉崶告辭了。

一出門，郭便一邊揩頭上的汗水，一邊責怪我太冒失，幾乎闖下大禍。

回到至善，陳老師和師母唐先生聽了我們講的經過，唐先生也說我膽子太大，陳老師卻笑笑，說：「不要緊，現在他自顧不暇，哪裡還會計較嗣生（我的舊名）一個人。」

過後，我告訴陽明中學任教的劉天錫，他說：「你確實冒失。你不想一想，傅作義是雜牌軍，和蔣介石一向鬧矛盾，加上兵臨城下，自然只好起義。劉崶是蔣的嫡系將領，鐵心跟蔣走的，你怎麼勸得動他？」

但是，我還想借此揭露蔣幫內幕，便寫了一首七古，先給住在至善的王泗原老師看了，再託在《前進日報》工作的劉國鐘轉交有關編輯，請他發表。有關方面怕惹起麻煩，不敢發表。現存錄於此，讓它面世，這已經是四十三年之後了：

扶園謁劉校長

富貴追隨客填門，我亦一紙到平泉。超然榮觀將誰尊？結志世變求博聞，遂從將軍乞讜言。雨馳屋上風如磐，某左某右欲何云。「河山兩戒赤幟軒，此土亦將入其樊，吾屬何以策自存？」將軍微籲仰面瞞：「同心同德即自援。」我黜空言窮其源：「實施何從人何掄？」豈唯遠謀目所昏，眼前方案已難。

「當今八路勢方燉，倡新民主寧遂蕃？」慨然語我「功必全，不唯中土且人寰。貧富為構貧久冤，天理亦應使之翻」。我聞此語殊適然：「公亦云云毋乃謾？」公曰「自知帝其難，疾苦何嘗達九閽？政出四家民力殫，坐令吾黨叢大怨。伊予總戎敢自專？天王視爾若犬豚，一成一旅親調繁，戎機坐失三軍奔。和平無功萬甲屯，獨斷未肯恤民殘。

**師友偶記：清史大師手札**　　夜見劉峙

大勇不見皇帝袁，半壁旌旗猶桓桓。獻替無路姑素餐，歸來但避王事敦。」四座聞之起長嘆，我獨微辭勸沐熏：自民明威慎勿諼，介子燕市已申恩，赦罪責功罔不安，清者自清渾者渾，請閒三策回南轅。

# 附錄

## ▍論清詩流派　望學術殿堂
——劉世南先生訪談錄

郭丹

編者按：劉世南先生，古典文學學者，古籍整理專家，也是突出的自學成才者。1923年10月出生於江西省吉安市，長期任教於中學。「文革」後，任教於江西師範大學文學院。代表作有《清詩流派史》（1995年台北文津出版公司出版繁體豎排本，2004年人民文學出版社出版簡體橫排本）、《在學術殿堂外》（2003年中國文史出版社出版）、《清文選》（與劉松來教授合作，人民文學出版社即出）、《大螺居詩存》（2004年天馬出版有限公司出版），現仍擔任江西省《豫章叢書》整理編委會的首席學術顧問。

郭丹：劉先生，您的正式學歷只是高一肄業，經過多年刻苦自學，終於成為古典文學名家、古籍整理專家，請問，您走上這條自學成才之路，是偶然還是必然？

劉世南：我是一個普通的古典文學教學研究者，也參與古籍整理工作，但不能說已經成名成家。在《在學術殿堂外》一書中，我已說過，在錢鍾書、錢仲聯諸前輩前，可借用《左傳》一句話「克於先大夫無能為役」，我算什麼學者呢？

我生於1923年（癸亥）農曆九月初六。父親名蘭芳（「芳」是族譜上的排行），字佩，又字紉秋，取自《離騷》「紉秋蘭以為佩」。由此小事，可以看出父親的文化品質和耿介性格。我三歲發蒙，即由父親教我認字，認了一千多字後，開始讀當時新出的國文課本和修身課本，都是用淺近文言編寫的。讀了好幾本後，才開始讀古書，第一本是《小學集注》。

父親二十歲進學（俗稱秀才），本已考取去日本留學的官費生，但迫於家庭阻力，沒有成行。由於受當時康、梁維新思想影響，我家書房裡有很多

**師友偶記：清史大師手札　　附錄**

時務書，如《天演論》《群學肄言》等嚴譯名著，以及《瀛寰志略》《日本國志》及《新民叢報》等。父親少年時曾師從一位王家「四師老」，此翁專講理學。父親受到上述兩種思想的影響，所以對我的教育，就與當時一般私塾不同，他不教我讀《三字經》《百家姓》《千字文》《幼學瓊林》等，而是教我讀新的國文課本和修身課本，然後又教我讀《小學集注》。

此書為南宋朱熹所編，明人陳選作注，收入《四庫全書》。我對程朱理學有所瞭解，即由此書。清人段玉裁、崔述，今人周一良、程千帆幼時都讀過。千帆先生下世後，弟子文中曾提到其師很留意門下弟子的書法，說：「非欲字好，即此是學。」我一看就知道此語來自《小學集注》，乃明道先生（程顥）之言（見卷六《敬身篇》），足見千帆先生幼時亦讀過此書。

父親教我讀古書，教法也和一般塾師不同。他每次點讀新書，必定詳細講解，而且時常提問，要我回答，還鼓勵我提問。他常說的一句話是：「不怕胡說，只怕無說。」因為你胡說，儘管錯了，你總動了腦子；無說，那是沒用腦子想問題，所以無話可說。他又喜歡說：「思之思之，鬼神通之。」可見他總是強調動腦子想問題。

正是在家庭薰陶之下，我不但好學，而且好問，日漸養成凡事問個為什麼的習慣。記得高小修身課本上有這麼一課：王艮師事王守仁，講良知之學。一日，有盜至，公亦與之講良知。盜曰：「吾輩良知安在？」公使群盜悉去衣，唯一褲，盜相顧不去。公曰：「汝等不去，是有恥也。此心本有，謂之良知。」

我當時就問父親：「鄉下兩三歲的孩子，熱天都是一絲不掛，並不害羞，是無恥嗎？是沒有良知嗎？」父親只是笑，沒有解釋。這個問題，我後來看了一些社會學的書，知道道德觀念其實是後天的，而且隨著社會生產力的發展而變化，並非人的本能，孟子和王艮等理學家的觀點是唯心的。

讀《小學集注》時，有如下一則故事：「武王伐紂，伯夷、叔齊扣馬而諫，左右欲兵之。太公曰：『此義人也。』扶而去之。武王已平殷亂，天下宗周。伯夷、叔齊恥之，義不食周粟，隱於首陽山，採薇而食之，遂餓而死。」我問父親：「首陽山也是周朝的土地，薇也是周朝的，不食周粟，怎麼食周薇呢？」父親愕然，無以回答。

後來，我進吉安市石陽小學讀高小，在圖書館看到魯迅的《故事新編》，其中有一篇《採薇》，說小丙君和他的婢女指責伯夷、叔齊：「『普天之下，莫非王土』，你們在吃的薇，難道不是我們聖上的嗎？」我吃了一驚：原來這一看法非我獨有！長大以後，看《南史》的《明僧紹傳》：「齊建元元年冬，征為正員郎，稱疾不就。其後，帝（齊高帝蕭道成）與崔祖思書，令僧紹與（其弟）慶符俱歸。帝又曰：『不食周粟而食周薇，古猶發議，在今寧得息談邪？聊以為笑。」這才知道魯迅所寫實有根據。但「古猶發議」最初見於何書呢？後來讀《昭明文選》中劉孝標的《辯命論》：「夷、叔斃淑媛之言。」李善注：「《古史考》曰：伯夷、叔齊者，殷之末世孤竹君之二子也。隱於首陽山，採薇而食之。野有婦人謂之曰：『子義不食周粟，此亦周之草木也。』於是餓死。」這才知道「古猶發議」即指此，而且魯迅就是根據《古史考》這類古小說來寫的。

　　我寫這兩段往事，並非自詡早慧（當時我大概六七歲），而是說明一個教育原理：即使是啟蒙幼兒，也應著重智力的開發，絕對不應提倡死記硬背。

　　我之所以能夠養成好學深思的習慣，實因父親教導有方。如果說我能在古典文學研究方面取得一點成績，也和這點分不開。至於古籍整理，那更是因為跟隨父親讀了十二年古書，基礎打得比較紮實，才具備了做好這個工作的前提。

　　好學深思，根底紮實，持之以恆，樂此不疲，可以說是自學成才的必要條件，也顯示出其必然性的一面。

　　我以一個高一肄業生，能從事古典文學研究和古籍整理，並取得一些成績，這又和我晚年（五十六歲起）能執教大學有關。大學教師負有教學與科學研究雙重任務，時間、資料都比較充分，訊息也靈通。如果根底較好，又好學深思，自然如魚得水，遊刃有餘。

　　執教大學，對於我又有偶然性的一面。沒有汪木蘭、周劭馨、劉開沇、徐萬明、唐滿先（他們都是江西師院中文系畢業的，我在高中教書時教過他們）的推薦，沒有江西師院中文系幾位老先生的支持，沒有校、系高層的認同，我一個沒有讀過大學的人，怎能登上大學的講壇？

**師友偶記：清史大師手札**　　附錄

郭丹：您是什麼時候想到走自學成才之路的？

劉世南：1941年（抗戰第四年），我讀完高中一年級後，由於家貧，只能到稅務局當稅務生，幹了三年繕寫公文的工作。但我並不消極，因為我看過一本英文雜誌，有英漢對照的錢穆自傳。他沒有上過大學，當小學老師，業餘苦學，寫出《先秦諸子繫年》等學術著作，終於被北大聘為教授。這給我極大鼓勵。我想，我讀了十二年的古書，基礎也許不比他差，關鍵就在於能否刻苦，而且持之以恆。他能這樣，我為什麼不能這樣？

父親有一本《漢學師承記》，我讀初中時就經常翻，汪中的事跡令我非常感動。他七歲就死了父親，家貧不能上私塾，由母親教他讀「四書」。稍微大了點，到書店裡當學徒，他遍讀群經諸子，過目成誦，終於成為大學者。我平生最佩服他，直到現在，他的形象還常常在激勵我。

郭丹：您的家庭與您的自學成才有什麼關係？

劉世南：我認為家庭對我自學成才最大的好處是，父親買了好多書，前四史、《昭明文選》、「十三經」，還有許多詩文集，這已經很難得，尤其可貴的是，大部頭的「九通」居然也買了，這在一般讀書人家都是少有的。我二十一歲寫的《莊子哲學發微》，就是利用《通志》的《藝文略》中有關《莊子》的資料，加上當時對馬列主義的認識，用古文寫成的。此文曾蒙馬一浮先生譽為「獨具隻眼，誠不易及」，亦蒙楊樹達先生稱為「發前人之所未發」。沒有《藝文略》的資料，我是不可能寫出那篇文章的。

我在讀小學三年級以前，一直在家跟隨父親涵泳在這一書海中。從小學三年級到六年級畢業，白天上學，晚上仍然讀古書。以後我工作了，就買了從《晉書》到《明史》的二十史，武英殿本，從上海廉價買的。還買了清代樸學家們的著作，如《讀書雜誌》《經義述聞》《經傳釋詞》，以及王筠、朱駿聲、桂馥《說文》方面的著作，這都是受家庭的影響。

至於十二年中所讀古書，除《小學集注》外，讀了「四書」（《大學》《中庸》《論語》《孟子》）、《詩經》《書經》《左傳》《綱鑒總論》（這

是一部中國通史，夾敘夾議，自盤古開天地到明朝，歷朝大事都記載了。讀了它，我通曉了封建史家筆底下的幾千年的國史大綱）。

有了這個基礎，我後來親自把「十三經」中沒背誦的圈讀一遍，每天四頁，結果，《易》三十五天，《儀禮》四天，《周禮》五十天，《禮記》一百零七天，《公羊》四十七天，《穀梁》三十五天，《孝經》只二十八分鐘，《爾雅》二十四天。當然，要真正通，不但得看漢至唐人的《十三經注疏》，還得看《皇清經解》正、續編。

在《在學術殿堂外》一書中我說過：搞人文社會科學研究的，你在論文和專題中，要引用經典的本文，你必須熟悉它，否則會出錯。研究中國文學和校點古籍，更要熟悉經、史、子、集四部中最根本的書，為此我還開列了一些必讀書目。

郭丹：您的《在學術殿堂外》一書出版後，在學術界產生了相當大的反響，已經有了好幾篇書評發表。讀您的這本書，的確感到先生對學術有一種不計功利的獻身精神。請問您是基於怎樣的考慮，寫這樣一本看似與學術無關其實完全是討論學術研究最根本的一些問題的書？

劉世南：《在學術殿堂外》出版後，是有不少學人表示讚賞和認可，也有幾篇書評發表，我感到非常快慰。

有人問，書名為什麼叫《在學術殿堂外》？這有兩層含義：

其一，孔子曾說子路：「由也升堂矣，未入於室也。」和錢鍾書等學人比，我未曾升堂，只能站在堂外。

其二，和製造文化垃圾者，以及嘴尖皮厚腹中空的名流比，我羞與為伍。他們在殿堂內，我自甘站到殿堂外。

現在我回答你的提問。我為什麼要寫這本書，就因為看到這些年來，「上以利祿勸學術」，使得學人急功近利，學風日益浮躁，從而文化泡沫和垃圾層出不窮，長此下去，簡直要斷送學術研究的前途。所以，我要大聲疾呼：「勿以學術徇利祿！」

但是，我也自知人微言輕，螳臂擋不住物慾的狂潮，曾作《自嘲》一首：「市場文化正囂塵，流水高山孰識真？辛苦神州吉訶德，風車作戰枉勞神。」

郭丹：大家都以為，目前學術界存在著浮躁心理，影響著學術研究的正常進行和健康發展。對此，您有什麼看法？

劉世南：學術研究是一種嚴肅的工作，它須有一個偉大的目標。以人文科學而論，從事研究的人必須認識到，自己是在繼承傳統的基礎上，大力弘揚民族文化，並不斷創新，從而與世界文化接軌。

我平生最喜歡諸葛亮《誡子書》中這幾句話：「夫才須學也，學須靜也。非學無以廣才，非靜無以成學。」靜，不僅指讀書環境幽靜，更主要的是內心的寧靜，即不受名利干擾。一切學術腐敗行為都源自其人的心態浮躁，急功近利。

他從事科學研究，只為一己名利。我並不矯情，唱「忘懷得失」的高調，但我從來切記孔子這句話：「聲聞過情，君子恥之。」有其實然後有其名，這種名使人心安理得。名並非壞事，否則孔子為什麼說「君子疾沒世而名不稱焉」？至於個人出名，那有什麼，一個學人能否留名後世，全看他的著作。陶淵明和杜甫，生前並不很出名。

陶被鐘嶸《詩品》置之中品，杜甫則被「群兒謗傷」。他們出大名，是在北宋以後。白居易《與元九書》：「如近歲韋蘇州（韋應物）歌行，才麗之外，頗近興諷，其五言詩，又高雅閒淡，自成一家之體，今之秉筆者，誰能及之？然當蘇州在時，人亦未甚愛重，必待身後，然後人貴之。」世事往往如此。

你看《漢書·揚雄傳》末尾，桓譚已說明這個道理：「凡人賤近而貴遠，親見揚子雲祿位容貌不能動人，故輕其書。」我已八十進二，來日無幾，浮名於我何有哉？我平日的座右銘是「High thinking, plain life」。我寫《清詩流派史》，是為了探索清代士大夫的民主意識的成因；而寫《在學術殿堂外》，則是反映現代或當代知識分子對民主和法治的追求。

郭丹：您非常強調治學重在打基礎，現在電腦這樣發達，還要下苦工夫去背誦古書嗎？

劉世南：我休息時，喜歡看中央電視台 11 頻道的戲曲片，也愛看運動員比賽的節目，興趣不在看表演，而是看他們在教練指導下勤學苦練，所謂「台上一分鐘，台下十年功」。劉翔他們奪得金牌都是從汗水甚至血水中泡出來的。搞人文科學，尤其搞古典文學、文獻學的，怎麼可以不讀原典？我在《在學術殿堂外》中列舉了一些知名學者的千慮一失，正是用以說明他們所以出錯，全因某些方面的根底尚欠深厚。

我在第七章以一位青年學人為例，意在說明凡從事人文學科學研究究的，你既要引經據典，就必須正確理解並熟悉原典。2004年2月12日《南方週末》觀點版《國內經濟學者要重視經濟學文獻》一文，引了楊小凱先生的話：「現在國內大多數人沒讀夠文獻，只是從很少幾個雜誌上引用文章，不要說拿諾貝爾獎，就是拿到國際上交稿子，人家都會很看不起。中國現在 99% 的經濟學文章拿到外國來發表，都會因為對文獻不熟被殺掉。當然有些東西國內看不到，但也有的是根本不去讀。中國人總是別人的東西還沒看完，自己就要創新。」他說的是經濟學，可古典文學、文獻學不也是這樣嗎？

你說電腦可以代替背誦，不，學問根底差，電腦也幫不了你的忙。侯外廬《中國早期啟蒙思想史》引汪中的原文，犯下幾個錯誤（見《在學術殿堂外》第 16 頁），就因為不知出處，不知道去查《荀子引得》和《十三經索引》。同樣，電腦也幫不了他。余英時還沒電腦嗎？可他就是沒查到「弦箭」的出處（見《在學術殿堂外》第 29 頁）。

我在《在學術殿堂外》中，對打好基礎這點，特別強調，因為我一生治學的深刻體會就是這個。我們不總是說要「推陳出新」嗎？你不繼承傳統文化中的原典，就談不上批判地接受，更談不上在它的基礎上去發展，去創新。這個道理是前人從事研究工作的經驗總結。我從三歲識字，五歲讀書，直到現在，仍然日坐書城。我嚴格要求自己：一定要「日知其所亡（無）」。我發現，熟，才能貫通。

## 師友偶記：清史大師手札　　附錄

　　古人讀書，講究「通」。稱讚某人「淹貫」「該通」。「淹」「該」指讀書廣博，「貫」「通」則指讀通了。汪中曾大言：當時揚州只有三個半通人。什麼叫「通」？書讀得多，不算通。要像汪中的《釋三九》，王氏父（念孫）子（引之）的《讀書雜誌》《經義述聞》，那才叫「通」。讀書不通的是只見樹，不見林。但如根本不讀書，特別是打基礎的書，那你還研究什麼？當然，只打基礎，卻不博覽，所得結論一定片面，也是不行的。

　　再強調一句，根底一定要打紮實，只有這樣，才不會出大錯。什麼叫大錯？有一位學者在論析歐陽修的《讀李翱文》時，對「又怪神堯以一旅取天下」的「神堯」，解為唐堯，即堯舜之堯。不知「神堯」是唐高祖李淵的謚號，新舊《唐書》《資治通鑑》都記載明顯。你偶爾未注意，情有可原；但是，《史記五帝本紀》寫得很清楚：帝嚳生摯及放勛，帝嚳崩，摯立，不善，弟放勛立，是為帝堯。他並非以武力奪取帝位的，怎麼會「以一旅取天下」？堯舜禪讓，湯武征誅，舊社會發了蒙的兒童也知道。我們研究古典文學的學者，不應該出這種大錯。

　　郭丹：您的《清詩流派史》在台北和大陸出版後，得到了很高的評價，被稱為 20 世紀清詩研究的「經典性成果」之一。您為什麼要用十五年時間來寫這部書？它的意義何在？

　　劉世南：寫這部書用了十五年時間，既有客觀原因，也有主觀原因。

　　客觀原因是，這十五年是從 1979 年算起，到我徹底退休的 1992 年，一共十三年。這段時間，我有教學任務，還要參加其他社會活動，後兩年全退了，才能全力以赴去完成，時間自然要長。另外，清詩資料特多，當時錢仲聯先生主編的《清詩紀事》未出，全靠自己去爬梳整理，研究分析，非常需要時間。

　　主觀原因是，我堅持不以學術徇利祿，一門心思只考慮如何把它寫好，根本不把它和評職稱、評獎、特殊津貼之類掛鉤，自然不會去趕任務，從而粗製濫造，剽竊因襲。

　　關於這部書的意義，我動筆之先，考慮了兩個問題：

（一）我為什麼要寫這部斷代文體史？

（二）讀者為什麼要讀它？

對（一）的答案是，清代二百六十八年，詩人約九千五百餘人，詩集約七千種，這是客觀存在，我們必須總結這筆文化遺產，從而認識昨天。從我的著作動機來說，我特別想探索這一離我們最近的時代，看當時士大夫的靈魂，怎樣在封建專制的高壓下，痛苦，呻吟，掙扎，或轉為麻木，或走向清醒，又是怎樣從西方獲得民權、自由、平等諸觀念，從而產生民主意識，把目光從聖君賢相身上轉移到廣大的平民百姓身上來。

對（二）的答案是，讀者所以要學習文學史，除了吸取進步的思想養料外，還需要學習那些作者的創作經驗，領會他們的紛繁的風格，從而提高自己的審美能力與創作技巧。

郭丹：您是怎樣撰寫《清詩流派史》的？

劉世南：首先，要確定著什麼書。我是按照顧炎武的原則：「前所未有，後不可無。」根據這個原則，我想到應該寫一部清詩史（那時朱則杰教授的《清詩史》還沒有出版）。

其次，當我盡力搜求清人詩集，細加研究時，我發現，清詩和前此諸朝詩不同，流派特別多（這是因為它擁有了自先秦至明朝的十分豐富的詩歌遺產）。於是我決定編寫一部清詩流派史。

方法是，分流派做卡片。各派的代表人物，他們的身世、生活、師友、詩學淵源、社會思潮的影響、時代審美觀的影響、本人的思想特色、其詩歌的藝術特色、思想和藝術前後期有沒有變化、和其他流派的關係。要做好這些卡片，很不容易，不但要熟悉他本人的一切，還要瞭解他人（包括同時人和後代人）對其詩作的評論。

那時候，「重寫文學史」的討論十分熱烈，一致反對舊的寫法，認為那只是作家作品彙編。我經過思索，廣泛搜閱中外種種文學史，只要找得到的，無不細讀，終於認識到：

（一）必須按照研究對象（在我是清詩）本身的特點來敘述和評論；

（二）文學史上主要是反映文學發展規律，即從已然（作家、作品）探索出其所以然（為什麼這時代會出現這派作家，創作出這類作品）。

以後，我就是按這些原則來編寫的。

郭丹：您認為目前清詩研究的狀況如何？還有哪些工作應做？

劉世南：清詩研究狀況，有資格談的是浙江大學國際文化學院的朱則杰教授。他最早寫出了《清詩史》，開創之作，厥功至偉。同時，他又立下宏願，要編纂《全清詩》，因而結識了海內外許多清詩研究專家。最近，他又競標接了國家課題《清史》內《文學志·詩詞篇》這個項目，正文約二十萬字，資料長編及考異約六十萬字。這使他更具有開闊的視野。其次是徐州師大的張仲謀教授，他那篇《二十世紀清詩研究的歷史回顧》，不但綜述了百年來的清詩研究情況，而且提出了今後研究的課題。所以，朱、張二人是介紹清詩研究狀況的最佳人選。

我概括仲謀先生所提出的今後清詩研究的課題共有八點：

（1）清詩內涵的近代性；

（2）作品研究；

（3）詩歌特色；

（4）清詩的邏輯發展；

（5）學風與詩風的關係；

（6）士人心態與詩學變遷；

（7）地域文化與詩歌流派；

（8）大家名家詩歌研究。

這些課題我完全贊成。至於我本人，主要在考慮如何用新觀念、新方法來研究清詩，像早年鄭振鐸、聞一多兩先生用文化人類學方法研究古典文學一樣。我想把西方所有新方法都拿來試一試，像葉嘉瑩那樣。因此，我不斷

地在鑽研西方現當代批評理論家的「自選集」，如「知識分子圖書館」的十八冊。

另外，我最大的希望是中國內外一切清詩研究者，都能成為益友，訊息互通有無，觀點互相切磋。「功成在子何殊我」（放翁句），「君有奇才我不貧」（板橋句），大家以學術為天下之公器，破除門戶之見。

郭丹：您和劉松來教授合作的《清文選》，即將出版，請問，清代的散文有什麼特點？

劉世南：《清史稿·文苑傳論》說：「清代學術，超漢越宋，論者至欲特立『清學』之名。而文、學並重，亦足於漢、唐、宋、明以外，別樹一宗。」所謂「文、學並重」，正如清詩的特點是學人之詩與詩人之詩的統一，清人的文，也是文與學的統一。但不同時代、不同作者，又有畸輕畸重的不同，如樸學家、理學家之文偏於「學」，較質實；文人之文偏於「文」，較綺麗。約而言之，其特點有四：

(1) 文化積澱深厚，學術化傾向明顯；

(2) 風格多樣，而流派單一；

(3) 有些文章理性有餘，靈性不足；

(4) 注重經世致用，輕視審美情趣。

這四點的形成，和清代學風密切相關。清初學風強調博學多識、經世致用，這是對明人空疏不學、游談無根這一頹風的反撥。後因文網日密，轉為脫離現實的考據訓詁。自道、咸後，國門被迫打開，歐風東漸，逐漸輸入了較封建社會更先進的世界觀、價值觀，和自成體系的哲理、政教，尤其是新的美學方法論。這些都必然深刻影響到文人的創作。

從形式看，清文的雅與俗是非常明顯的，但基本上是由古雅而逐漸變為通俗。所以五四時期的白話文運動絕非無源之水，而是有來源的。

清文又是集大成的。桐城派的姚鼐提出其古文創作原則：考證、義理、詞章三者統一。這就是集大成：考證，是對漢學的繼承；義理，是對宋學的

**師友偶記：清史大師手札　　附錄**

繼承；詞章，是對《文選》派和唐宋派古文的繼承。清文就在這基礎上，根據社會的現實需要和時代的審美要求，大力發展，形成自己的特色。

郭丹：您的舊詩也寫得很好，呂叔湘先生稱您「古風當行出色」，程千帆先生也說您的七古「蒼勁斬截，似翁石洲」，龐石帚先生稱您的詩「頗為清奇，是不肯走庸熟蹊徑的」，朱東潤先生也稱您所作「深入宋人堂奧，錘字煉句，迥不猶人」。現在，您的《大螺居詩存》也出版了，獲得更多學人的稱讚。請問，您是如何學習寫作舊體詩的？詞章之學與學術研究有矛盾嗎？

劉世南：詞章之學和學術研究不但沒有矛盾，而且相輔相成，相得益彰。從近代的李詳（審言）、林紓（琴南）、王國維、章炳麟（太炎）、黃侃，到現代的胡適、魯迅、朱自清、俞平伯、聞一多，誰不是學者而兼詩人？所以，錢仲聯、程千帆兩先生談治學，都強調古典文學研究者應該會創作，這樣，分析古人作品時，才不會隔靴搔癢，拾人牙慧。我在《在學術殿堂外》第六章「怎樣培養中國古典文學的研究人才」中，提出了七點措施，其第六點就是「要學會寫古文、駢文、舊詩和詞」。其中談到，幾十年的舊詩寫作，對我分析評斷清詩各派的特色，有不可估量的作用。

至於如何學習寫作詩詞，說來好笑，我父親只教我讀古書、寫古文，從不教我讀詩、寫詩。可我從小就喜歡詩，於是我只有自己摸索。家裡有《昭明文選》和《古唐詩合解》，還有很多詩集，我就不斷地讀，《文選》的詩我全部背誦了（直到前幾年我還在夏天黎明時的立交橋燈光下溫習這些詩），唐詩也讀了不少。

年輕時愛讀龔自珍的詩，也愛南社人學龔的詩，尤其蘇曼殊的七絕。慢慢地自己也學著塗抹幾句。我懂平仄根本不是從音韻學原理學到的，而是古人的近體詩讀多了，漸漸辨清哪個字是平聲，哪個字是仄聲，哪個字可平可仄。四聲本是口耳相傳之學，我卻目治而得。這也有個好處，就是讀得多，詞彙、句式、典故，越來越熟悉了，越來越會運用了。

歸根結底，還是要讀得多。我在給我的學生杜華平教授的一封信中說：「吾少嗜定公（龔自珍）詩，雄奇而未免粗獷，後救之以放翁（陸游）之清疏，頻伽（郭麐，有《靈芬館詩集》）之圓利，又恐其流為隨園弟子之輕佻，乃

折入西江派以至散原（陳三立），其終乃同於南皮（張之洞）標舉之『唐肌宋骨』。」這是就我平生學詩的大概而言，實際上我所涉獵的很多，歷朝總集、別集大都翻閱過，不過非性之所近者，則略加披覽而已。

最近，周劭馨、汪木蘭兩位賢弟硬要為我出版詩集。我一向重視自己的學術研究，而忽視自己的詩古文，所以不同意。但他們的盛情難卻，最後只好妥協，自己選了若干首，請杜華平賢弟審訂。書名《大螺居詩存》，只一百二十四首，因為很多舊作都在「文革」中被毀了，這些都是從新時期以來所寫者挑出來的。

要說怎麼寫，只能提出我對自己的要求：詞必典雅，句必勁峭，章必完備，音必圓潤。總之，要做到「唐肌宋骨」。當然，這是很高的境界，就我來說，也只是嚮往而已。

郭丹：謝謝您接受我的採訪。

# 讀書的法門治學的境界

——讀劉世南先生《在學術殿堂外》

郭丹

業師劉世南先生將他一生治學的體會以及多年來指謬匡正的文章，集結為一書，名曰《在學術殿堂外》。先生名其書曰「在學術殿堂外」，似乎是無關學術宏旨，其實，先生書中所言，句句皆學術中事，無一非關學術耳。歸納起來，先生於書中所述，主要是三大部分：

一是從先生自己幾十年的治學體會談如何打好基礎、培養中國古典文學的研究人才；

二是將他多年來對學術研究、古籍整理匡謬正俗的文章加以結集；

三是披露了先生多年來與錢鍾書等學者學術交往的情況，由此亦見先生的學術功力和學術襟懷。

## 師友偶記：清史大師手札　　附錄

　　我因為幫忙整理和電腦輸入的原因，得以先睹為快。拜讀業師大作，猶如又回到當年受業之時，耳提面命，言猶在耳。

　　記得研究生剛入學時，先生便一再強調打基礎的重要性。其時我因已在大學教過幾年古典文學，自恃似還有一點基礎，對先生之諄諄教誨並不在心。大概先生看出我的心思，又說，他曾經同朱東潤先生交談過，朱先生說，現在大學裡有的年輕教師，就憑著北大編的文學史參考資料和他主編的作品選給學生上課，這怎能教好書呢？後來，先生告訴我們，說他年輕時會背《詩經》，甚至《左傳》，我真是不勝驚訝。如果說會背《詩經》尚且不奇怪的話，能背《左傳》這樣的巨著，談何容易！

　　然而，後來先生給我們上《左傳》專題課，從先生對《左傳》的熟悉程度，我才領會先生誠非虛言。先生沒有上過大學，但從少年起就跟著曾為清代秀才的父親讀了十二年的古書，熟讀了《小學集注》《大學》《中庸》《論語》《孟子》《詩經》《書經》《左傳》《綱鑒總論》等古書，而且「全部背誦」！其實不止這些，先生對「十三經」，對《文選》，對《莊子》，對史籍，對詞章學，都下過很深的工夫。現在的中青年學者，有幾個人下過這樣的工夫？

　　前幾年，先生在給我的信中曾感嘆說，我們現在談的許多看法、發的感慨，其實古人全都說過。我想，正因先生熟讀了古人之書，才有話都被古人說完的感嘆。就像清人趙翼說的：「古來佳句本無多，苦恨前人已說過。」不但詩如此，文亦如此，理亦如此。而似吾輩讀書不多者，一有所論，即沾沾自喜，殊不知古人早已有之。所以，真正能做到「發前人之所未發」，並不是一件容易的事。先生從來是手不釋卷的。

　　記得當年我們師徒常一起徜徉於校園之中，先生除了談讀書，別無他辭。先生平生無任何嗜好，唯以坐擁書城讀書為樂。我研究生畢業之後，有好幾年，先生都是在除夕下午給我寫信。記得有一次信上說：「現在是除夕下午近4點鐘，圖書館閱覽廳裡只有我和張館長兩人；張館長親自值班，坐在閱覽廳陪我，等我讀書讀到4點關門，現在正看著我微笑。」所以，先生在《清詩流派史》書後詩云：「憶昔每歲除，書城猶弄翰。萬家慶團圞，獨坐一笑粲。」實乃真實寫照。

先生對於古典文學研究，強調打下堅實的基礎，在廣博的基礎上力求專精。先生是既博且精的。拜讀先生糾謬匡正的文章，首先是嘆佩先生學識的廣博。因為讀書廣，而且不是泛泛涉獵，所以一看別人的文章或點校的古籍，很容易就可發現錯誤。現在的古典文學研究者，包括自己在內，又究竟讀過多少書呢？先生「刊謬難窮時有作」一句所指出的錯誤，主要原因就在於讀書不多所致。

　　自己現在也在指導研究生，並時時告誡他們要廣讀精讀以至背誦原著，然而青年學生最不肯下苦功的就是讀原著，尤不屑於背誦，只是熱衷於看別人的論著，拼湊自己的觀點。如此，何以能成為真正的學問家？至於說專精，只要看先生的《清詩流派史》就可以知道。先生自己說「卡片漫盈箱，有得逾美膳。心勞十四載，書成瘁筆硯」「自我肺腑出，未嘗隻字纂」（該書《後記》自著詩）。

　　先生精研清詩十五年（從積累來說遠不止十五年），竭澤而漁，殫精竭慮，才完成這樣一部「前所未有，後不可無」（顧炎武語）的巨著，被稱為傳世經典之作，也是理所當然的了。而且，這種耐得住清苦寂寞、「不以學術徇利祿」的精神，又哪是當前浮躁學風所能比擬的？

　　從 1979 年開始，先生就對郭沫若、毛澤東，以及包括一些學術大家在內的學者的學術錯誤或學術觀點進行批評商榷。這顯示了先生的深厚學殖，也表現了先生「當仁不讓師」的學術勇氣。郭老的《李白與杜甫》一書出版後，是有很多人並不贊同的，但鑒於「文革」時的氣候，即使人有腹誹，也不敢公開發表異議。1979 年剛剛撥亂反正，先生對郭老《李白與杜甫》一書進行批評的文章確有振聾發聵的作用。

　　而《關於宋詩的評價問題》一文，明確地說毛澤東同志《給陳毅同志談詩的一封信》對宋詩的否定是不符合事實的，這在八十年代初引起很大反響，也是勢在必然。

　　先生這兩篇文章，完全建立在充分說理的基礎之上，立論有據，「極有理致」（程千帆先生語）。讀先生匡謬正俗的文章，首先是欽佩先生知識的廣博，學術眼光的犀利。先生糾謬，不但指出錯誤，而且徵引大量的文獻資

料說明錯在哪裡，使人心服口服。其次亦深深感到學術研究之事，何可一絲一毫掉以輕心，非極其嚴謹不可從事。

記得當年受業之初，拜讀先生《談古文的標點、注釋和翻譯》一文，心常戒惕；後來又常讀到先生對古籍整理的指謬文章，更深感古籍整理研究的不易。當今學風浮躁，許多古籍整理的東西不少是倉促上陣，又為功利目的所驅使，率爾操觚，出錯乃不足為奇。

可先生指謬的對象，有不少是知名學人，應該說學術功底都是不錯的。然而只要一不小心便要出錯，甚至貽笑方家。先生說：「注釋不是依靠工具書就能做好的，關鍵在於讀書。也就是說，根柢必須深厚、紮實。否則必然是盲人捫象，郢書燕說。」此說可謂至理名言，足為我輩後學引為龜鑒。

先生治學的另一個經驗，就是多與學術大師請益和對話。先生善讀書，善發現問題。一發現問題，便向一些知名學者請教，從年輕時起就是如此。先生與馬一浮、楊樹達、王泗原、馬敘倫、龐石帚、錢鍾書、呂叔湘、朱東潤、程千帆、屈守元、白敦仁等學者都有論學或詩作信函往來。與學者高人對話，可以得到很多教益和啟發，這是一個方面。另一方面是，對話總是建立在一個基本差不多的平台上。

與學者大師對話，是必須具備相應的水準的。可以看到，不管是對話，還是切磋，學者們對於先生的見解都是相當欽佩的。像楊樹達先生稱讚他二十四歲寫的《莊子哲學發微》是「發前人之所未發」；錢鍾書先生稱他的匡謬正俗文章「學富功深」「指摘時弊，精密確當，有發聲振聵之用」；屈守元先生稱其《清詩流派史》「既紮實又流暢，材料豐富，復有斷制，誠佳作也」，並作詩說「卓見顯才識」「摩訶有高論」，甚至稱「有幸讀君書，競欲焚吾硯」：皆非泛泛溢美之詞。學術就在這樣的交流、討論、切磋中長進。「平生風義兼師友」，增進學術共有時。先生談的何止是師友情誼，其實是治學的一個重要方法。

先生談到他對培養古典文學研究人才的七點意見，我認為非常值得後輩學人記取。打好根柢、博覽群書，這是培養古典文學研究人才最基本的兩條。看到這些意見，或許有的人會認為先生是一位守舊的學究。此實大謬不然。

先生舊學根底紮實，但從不排斥新學，反而很注意吸收新東西。這一點，由先生從年輕時起就廣泛閱讀英語著作可以看出。二十世紀八十年代初、中期，新理論、新方法風起雲湧，好不熱鬧。對此，先生同樣很認真地關注過，亦試圖一試。然而，先生不久就發現，新方法並不能解決問題。

尤其是有的人沒有讀過多少古書，僅憑一點所謂理論上的「創新」，便欲在古代文學研究的海洋中弄潮，終未免是隔靴搔癢，或比附牽合，甚至保不住要出錯。所以，沒有紮實的根底，徒然變換一些理論和方法，只是「空手道」而已，是為先生所不取。對此，先生常深懷感慨。現在不少學者提倡回歸本體，精讀原典，與先生所倡，正不謀而合。

先生認為，即使進入電腦時代，也不能完全代替讀書打基礎。這是有道理的。誠如先生在批評有人對「落霞與孤鶩齊飛，秋水共長天一色」兩句的誤解時，不但指出王勃套用了庾信的《華林園馬射賦》，而且舉了宋王觀國《學林》、宋王楙《野客叢書》、晚清周壽昌《思益堂日札》、劉勰《文心雕龍》、歐陽修《晝錦堂記》等古籍加以論證。如果不是博聞強記，就未必能如此舉證。

古典文學研究，最忌單文孤證。先生如此徵引，宏富有力，令人信服。這就是真正的學問！所以先生曾一再強調，做研究必須力求把資料蒐羅齊備，才好動手。此外，先生還主張古典文學研究者要學會寫古文、駢文、舊體詩詞。先生的舊體詩詞、古文和駢文都是做得很好的。呂叔湘先生稱他「古風當行出色」；龐石帚先生稱其詩「頗為清奇」「不肯走庸熟蹊徑」；朱東潤先生稱其詩「深入宋人堂奧，捶字煉句，迥不猶人」。

記得當年我們與先生以及另一位導師劉方元先生（錢基博先生門弟子）一起出外訪學，方元先生是每日作詩一首，世南先生雖不每日作，卻也詩興濃郁，佳作不斷。兩位先生的詩作好之後，都讓我們一起評讀。

在火車上，世南先生還總愛出對子讓我們對。記得世南先生出「謙謙君子」，我們對「好好先生」；先生出「重耳」（晉文公名），我們則語塞。這樣，一路上既長了知識，又增添了不少樂趣。我想起陳寅恪先生曾說作對子是最

好的訓練。世南先生此舉，實在是用心良苦。至於古文，讀一讀先生的《哀汪生文》，就可以略知一二了。

總之，我認為先生與許多前輩學者都說得極是，作為一個古代文學研究者，自己不會作古詩詞、文言文，沒有感性體會，對於古人的詩文研究，總歸隔著一層。慚愧的是，辭章之事，我至今未得入門，思之常感汗顏。

先生已是八十高齡的人了，仍孜孜不倦在讀書寫文章，而且還兼著《豫章叢書》首席學術顧問之職，實可謂老驥伏櫪，壯心不已。先生的大作，是可以常置於案頭的，常讀常新，使人戒惕，啟人心智。我把先生的手稿給研究生們都看了，希望他們能記住先生的教誨，薪火相傳，把前輩學者的好學風傳下去，發揚光大。

祝願先生健康長壽，為學術做出更大貢獻。

附記：劉世南老師寫完《在學術殿堂外》之後，即將手稿寄給我。此文本即是我讀完《在學術殿堂外》手稿後的一點體會，並寄給劉老師參閱。後來劉老師大著出版時，卻執意要以這膚淺的體會作為其大著的序言。不敏小子，余何敢當！

然世南師舉了許多學生給老師的著作為序的例子加以勉勵，餘力辭不成，乃冠於《在學術殿堂外》大著的前面，忝為之序而已。《在學術殿堂外》一書於2003年4月由中國文史出版社出版，該書出版後，得到了很高的評價。

## 世南先生與我

劉松來

在中80任課的所有教師當中，給同學留下最深印象的恐怕非劉世南先生莫屬。且不說他那淵博的學識、侃侃而談的儒雅風範曾使無數學子如沐春風、嘖嘖讚歎，單憑每週不定期指定學生到他家中去背誦古詩文這一獨特做法，就足以給莘莘學子烙下終身難忘的印記，以至於三十多年過後的今天，不少同學還能對當年背誦《洛神賦》《蕪城賦》《哀江南賦》的情景記憶猶新，歷歷在目。

四年大學生涯能親聆世南先生授課，已屬幸事；而在此後的幾十年一直能夠追隨先生，接受他的耳提面命，更是幸中之幸！就此而言，我確實可以說是中 80 所有同學中的幸運兒。從 1981 年至今，正是在先生的督促和指導下，我從一個懵懂無知的學子，逐漸成長為一名還算稱職的大學教授。幾十年的風風雨雨，早已使我們超越師生關係而情同父子。

如今，已是九十二歲高齡的世南先生仍然精神矍鑠，筆耕不輟。我想，這對中 80 同學來說，應該是莫大的幸福與鞭策。在畢業 30 週年聚會之際，我最想與同學分享的就是對先生的感激之情，權以舊作一詩一文聊表此情於萬一。

永保年輕心態

——劉世南先生印象

文學院九十一歲的退休教授劉世南先生學識之淵博、學養之深厚，早已是不爭的事實。身為先生的弟子，我常會自覺或不自覺地思索：是什麼造就了先生如此深厚的學養？是什麼促成先生耄耋之年學術生命力如此頑強？在諸多答案中，永保年輕心態或許才是其中的奧妙所在。

只要稍加留意便可發現，先生平日結交的多為青年學子。這其實正是先生心態年輕的外部表徵。最近幾年，先生曾多次在公開場合引用東晉名士支道林愛馬的典故。道林愛馬，是因為馬的神駿能激發其旺盛的生命力；先生熱衷於結交青年學子，同樣是希望借此永保年輕心態。

因為心態年輕，先生始終保持一種老而好學的可貴精神。倘若不是親眼所見，人們可能難以相信，一個九十一歲的耄耋老人還有如此高漲的學習熱情。一年三百六十五天，先生絕大多數時間都泡在圖書館中，讀書已經成為他人生的最大樂趣！從圖書館內那些經先生之手圈點過的書籍中，人們可以發現他讀書的範圍十分廣泛，政治、哲學、歷史、文學……幾乎無所不包。

先生讀書已經完全超越當下盛行、吾輩難以免俗的那種為「稻粱謀」的功利性，而純粹出自一種生命的本能！正是由於超越了功利而出自性情，先生筆下的文字才會至誠至真，才可能獲致恆久的生命力！

**師友偶記：清史大師手札**　　附錄

　　因為心態年輕，先生始終保持一種足夠的學術自信。儘管生逢亂世，無緣接受正規的大學教育，至退休時也只得到一個副教授的頭銜，但數十年間，先生的學術自信從未因此而喪失一丁點！正因為有了這種學術自信，先生才可以做到坦然地與錢鍾書、呂叔湘、朱東潤等學術大師平等交往，可以底氣十足地刊正郭沫若、侯外廬等學術泰論著中的謬誤。也正因為有了這種捨我其誰的學術自信，先生才確信自己的《清詩流派史》等著述可以垂傳後世，嘉惠學林。

　　因為心態年輕，先生始終保持一種高度的學術敏感。近幾年來，從大學到科學研究機構，由量化科學研究成果帶來的學術泡沫化現象日益嚴重。這種學術泡沫化有可能從根本上消解學術原創性，從而導致學術生命力的枯竭。對此，先生憂心忡忡，不但奮筆疾書，寫出了影響頗大的《在學術殿堂外》以警醒世人，而且以耄耋之年四處奔走呼號，先後到浙江、福建、江西的一些大學發表演說，希望借此引起學界的重視與反思。在先生的此類著述和演說中，人們絲毫感覺不到年邁者的心平氣和，相反只能讀出年輕人才有的熱情與憤激。

　　一直無法忘懷，先生曾經不經意間對親朋流露過這樣的人生願望：但願有朝一日能夠老死在書桌前。每每念及此言，身為弟子的我總會熱淚盈眶，血脈僨張，心中不由自主地湧起一股悲壯——馬革裹屍，戰死沙場的悲壯！我想，這種永保年輕心態、獻身學術、死而後已的情懷，或許將是先生留給後人最寶貴的精神財富！

世南先生九秩感懷

先生於學務旁求，道義文章揖勝流。

坐擁皋比酬夙願，名山著述未曾休。

附劉世南先生近作一首：

夜話贈松來

松來夜訪，劇談錢鍾書君艱難自保之苦衷，牖我良多。於以征松來識解之軼群，吾二人相師之誼，切磋之功，彌可珍也。中夜枕上遂占長句，彷彿槐聚體云。詩成，已黎明前四點卅分矣。

　　桴乘①豹隱②兩難為，處士虛聲泣路歧。

　　性命苟全簪筆③際，公卿交薦④洗兵⑤時。

　　詩遺正氣⑥誰能解，劍走偏鋒我⑦自知。

　　仁義侯門國同竊⑧，先生白盡鬢邊絲。

　　劉世南於大螺居

　　①「道不行，乘桴浮於海。」（《論語·公冶長》）

　　②豹隱：比喻隱居山林。典出劉向《列女傳》。

　　③簪筆：指文學侍從待詔。典出《漢書·趙充國傳》。

　　④公卿交薦：指喬冠華、胡喬木等人力薦錢鍾書任《毛選》英文翻譯。

　　⑤武王伐紂，天大雨，諸侯氣沮，太公曰：「此天洗兵也！」1949 年中華人民共和國建國之初，海內嗷嗷望治，皆謂以至仁伐至不仁。錢先生際此時，亦同此心。

　　⑥指錢鍾書《宋詩選注》不選文天祥《正氣歌》，其含義亦猶歐洲「為藝術而藝術」學派之反封建，蓋另一「為人生」手法。

　　⑦劍：鬥爭武器；我：指錢先生。

　　⑧「竊國者侯。諸侯之門而仁義存焉。」（《莊子·胠篋》）

# ▎治學的境界人格的風範

　　——記劉世南先生

　　郭丹

## 師友偶記：清史大師手札　　附錄

　　我是1984年考入江西師範大學中文系讀研究生的，專業是先秦兩漢文學，導師是劉方元先生和劉世南先生。劉方元先生1944年畢業於藍田的國立師範學院，錢基博、駱鴻凱先生等都是他的老師。當時這個方向只有我和劉松來君二人，系裡卻配了兩位老先生作為導師，足見中文系對這個專業的重視。記得入學不久，兩位導師都曾到宿舍來看望我們。第一印像是他們都是慈祥的長者。可能當時和劉世南先生交談得更多一些，很快我就發覺劉老師不但是慈祥的長者，更是一位學殖淵深的學者。

　　研究生剛入學時，先生便一再強調打基礎的重要性。大概先生知道我在大學教了幾年書，特別告訴我說，他曾經同朱東潤先生交談過，朱先生說，現在大學裡有的年輕教師，就憑著北大編的文學史參考資料和他主編的作品選給學生上課，這是不行的，以這樣的基礎來教大學生，是要誤人子弟的。1987年3月份，我和劉老師一起到復旦大學去拜訪朱東潤先生，朱先生還談到此事。所以，劉先生一再告誡我們，研治古代文學，一定要有牢靠的基礎。打基礎，博覽和多讀原著是最重要的。

　　劉先生曾拿過一張報導他的《南昌晚報》給我看，上面介紹說他從少年起就跟著曾為清朝秀才的父親讀了十二年的古書，熟讀了《小學集注》《大學》《中庸》《論語》《孟子》《詩經》《書經》《左傳》《綱鑒總論》等古書，而且「全部背誦」！我們的確不勝驚訝！後來我們聽先生的課，發現他講《詩經》《左傳》以及其他典籍，幾乎是信手拈來，全然不用查找。（當時給我們上音韻學的余心樂先生也是如此，他是黃侃的學生，這說明老一輩的學者都有這樣紮實的功底。）

　　他讀別人整理的古籍，或者是古代文學研究論文，很容易發現其中的標點錯誤、典故解釋等基礎修養方面的錯誤，哪怕是一些著名學者的著作，也非常敏銳地發現其中的錯誤（這可以看看劉先生《在學術殿堂外》書中所舉的例子）。

　　劉先生指導研究生，除了上課之外，還有一個很好的方法，就是和學生一起散步閒談。記得當年我們研究生都住在學校大禮堂湖邊的小房子裡。據說這幾棟小房子是「文革」前校領導的住房，是一棟一棟獨立的小平房，每

一棟裡邊有三室一廳，住著幾位研究生。劉老師經常來邀請我和劉松來君一起繞著湖邊散步，或是走進湖邊的師大幼兒園校園內散步。這些地方傍晚以後非常清靜。先生除了談讀書，別無他辭。

這樣的散步聊天，可以海闊天空地聊，可以就我們的困惑隨便發問，因此比正式上課收穫還多。劉老師後來告訴過我，說他曾經好多次在晚上11點後散步走到我們宿舍外，看看我們睡覺沒有。我的床鋪和寫字台正好在窗口，對著外頭的路，劉老師老遠就可以看到我的桌前是否亮著燈光。幸好我那時一般不會在晚上12點之前睡覺，要不然，劉老師可得批評了（其實那時候我們這些研究生都不會在夜裡十二點鐘之前睡覺）。

先生平生無任何嗜好，唯以坐擁書城讀書為樂。「文革」以後，劉先生家裡的書不多，於是他幾乎每天都是在圖書館裡讀書。就是現在，先生已經是快九十歲的老人了，依然每天到圖書館看書。我研究生畢業之後，有好幾年裡，先生都是在除夕下午給我寫信，用鋼筆寫著非常細小而又清晰的字，信中說：「現在是除夕下午近4點鐘，圖書館閱覽廳裡只剩我和張館長兩人；張館長親自值班，微笑著陪我到4點鐘關門。」如果是在今天，不要說除夕下午，就是平常時間，在圖書館裡讀書的人恐怕也是寥寥無幾。先生在《清詩流派史》書後詩云：「憶昔每歲除，書城猶弄翰。萬家慶團圞，獨坐一笑粲。」這完全是真實的寫照。現在的人庶務纏身，雜念繁多，要達到先生這樣的境界，又能有幾人！

先生這樣的境界，還在於他「勿以學術徇利祿」的精神。這更是一種人格風範。先生的學問和學術水準，在系裡是公認的。劉先生給我們講的是先秦兩漢文學，他自己的研究重點卻是清詩，對清詩研究下了多年的功夫。據說，錢鍾書先生曾擬推薦劉先生去中華書局當編輯。八十年代初，蘇州大學錢仲聯先生欲調劉先生入蘇大協助其整理清詩。但是江西師大卻極力挽留他，劉先生也感到在江西師大上下遇合，不忍離去。我想，如果先生當年去了蘇州大學，必定會有更大的成果。

可是如果先生去了蘇大，我也就遇不上這樣好的導師了，由此又暗自慶幸。再者，以先生的學術水準，職稱對於先生本不是問題，但卻不是那麼順

利。可先生卻不以為意，處之泰然。就是在退休之後，先生仍然讀書、筆耕不輟。先生在《在學術殿堂外》一書裡談自己的學術經歷，批評一些學者的錯誤，呼籲年輕學者要打好學術根底，甚至給有關領導寫信，那種為學術而焦慮的心情，清澈可鑒。正如先生自己所說，《在學術殿堂外》的內容，如果要高度概括，實在只有三句話、九個字：去名利，打根柢，反量化。只有根除虛名浮利的思想，才會靜下心來，不憚其煩地打根柢，從而博覽群書，也才會跳出量化的圈套，刻苦研究，創造出真正的學術成果來。先生精研清詩十五年，寫出了被學術界稱為傳世的經典之作，正是他修身治學的必然成果。

其實先生也不是一介書呆子。對於新事物、新思想、新理論，先生歷來是很敏銳的，而且善於將舊學與新知相結合。對於民主、科學、法治，先生的追求並不亞於年輕人。這更是難能可貴！劉先生曾說過：「我寫《清詩流派史》，是為了探索清代士大夫的民主意識的成因；而寫《在學術殿堂外》，則是反映現代和當代知識分子對民主和法治的追求。」我們常說學術研究應為現實服務，這一點，先生的宗旨非常明確。這正是老一輩知識分子的風範，也是年輕知識分子的楷模。

關於劉先生，有很多可以談的，然而，在學術心理浮躁的今天，我認為這兩點是最值得我們記取和師承的。

附：

劉世南先生《左傳國策研究序》

幼年時，先嚴教我讀《左傳》，按日詳解，務令背誦。大概用了一年多的時間，才將全書背完。因此，我對《左傳》特別喜愛。現在，事隔七十年，平常散步時，仍會默誦低吟其中某些篇章，從鏗鏘的音節中，回味著兒時受讀的情趣。後來，在江西師大中文系指導先秦至南北朝文學研究生時，主講的就是《莊子》《左傳》和《史記》。郭丹學弟就是這時和我共同研習的。我在講授《左傳》時，要求他們上溯《尚書》，旁求《國語》，下研《國策》以至《史記》。

# 治學的境界人格的風範

近年來,《四庫全書》及其存目叢書,以及《續修四庫全書》,都已先後出版。有關《左傳》的著作,俱列經部,絕大多數是從經學角度加以論述,從文章學去探討的,只有清代王源的《左傳評》和馮李驊的《左繡》。那種點評過於繁瑣,論析也不夠深刻、準確;藝術特色的分析,更有不少模糊影響之談。原因是「以文章點論而去取之」(《四庫全書總目·或庵評春秋三傳》提要)。「競以時文之法商榷經傳」(同上書《左繡》提要)。所謂「文章」,就是「時文」,也就是八股文。原來王、馮兩書是為應試的儒生習作八股文服務的。這自然不能符合現代人的要求。因此,我早有心寫一部《左傳》的文學研究。可惜由於種種原因,始終未能如願。

現在,這個心願終於由郭丹學弟完成了,真使我欣喜不已。從這部專題的目錄,就可以看出作者的宏觀概括和微觀分析的特色。

全書共分十章。第一章是概論,綜《左傳》與《國策》而言。第二到第五章,是專論《左傳》的。第六到第九章,是專論《國策》的。第十章是結論。全書結構謹飭,次序井然。

據我看,此書特色有如下兩個方面。

一、追溯源流,視野開闊,論析精微。此書不但從史官文化的背景和傳統來論述史傳文學的產生原因,並能從《尚書》、《春秋》的特點,揭示《左傳》產生的學術繼承性。而《國策》則從戰國的形勢論述《國策》的時代特徵,並從重士貴士思想、重利輕義的價值觀等方面深入分析《國策》的思想特徵。同時考察《國策》史料的真偽,列舉歷代學者對《國策》的評價,說明史料真偽並不影響此書的文學性。

——以上是源。流的方面,《左傳》部分探討了它與古代小說的關係,指出它為中國古典小說的產生、發展,提供了「史」的營養和依據,而史傳文學正是中國古代小說的源頭之一。

作者特別指出,從《左傳》、《國策》這些史著,可以看出中國古代史學傳統的形成,首先是對史官素質的要求,形成了一個優良傳統;其次是秉

筆直書、書法不隱的主體意識的形成；第三是懲惡勸善原則的確立。這些史學原則，對後世產生了深遠影響。

另外，從《左傳》《國策》中，還可以發現多種文體的萌芽與雛形，並已奠定史書論讚的形式，而《國策》還孕育著「論」「說」「序」「策」等文體。最後，論述了《左傳》《國策》對《史記》影響。

二、從內容到形式，深入分析兩書的文學特徵。如《左傳》的民本思想、崇禮思想、崇霸思想在文學上的表現；以善惡為主線對書中對立形象的藝術分析；《左傳》戰爭思想、戰爭描寫的文學特徵；《左傳》的文學成就：從小說化的屬辭比事、眾美兼善的表現手法、虛實相生的誇飾描寫，總結《左傳》的敘事寫人藝術；從《左傳》的虛構情節和夢境描寫，論述藝術真實和歷史真實的辯證統一。

在外交辭令方面，概括出《左傳》語言藝術的三種特徵，包括它所開啟的鋪張揚厲的辭風。對《國策》的人物形象，重點舉例分析戰國時期「高才秀士」的形象特徵，並認為許多篇章已初具獨立成篇的人物傳記的特徵，顯示出寫人藝術的新發展。在說辭方面，鋪張揚厲的風格非常鮮明，尤其是他將蘇秦、張儀的說辭加以比較，從而論析其鋪張揚厲風格中的差異，這就比以往的論析深入了一層。

此外，還對范雎、莊辛的說辭，樂毅的報燕王書，進行細緻的分析，以見《國策》的語言藝術。還從大量的寓言故事中，總結出幾個特徵：取材於現實，充滿生活氣息；形象與寓意和諧統一；情節生動，描寫細膩；等等。

以上兩大特色，遠非王源、馮李驊之書所能望其項背。

郭丹學弟之所以能取得這種巨大成就，就因為他厚積薄發。他早已出版過《春秋左傳直解》（江西人民出版社，80萬字，1993年），以及《左傳》《國策》的系列論文。在這個紮實的基礎上，對這兩部書的文學性和文化價值，才能分析得鞭辟入裡。而對史學和文化背景的把握，才使得他的視野特別廣闊，從而使本書的立論有了更堅實的基礎和更鮮明的特色。

我已年屆八十，雖仍唯日孜孜，不敢稍懈，可是畢竟老了，著述大業，只能樂觀他人的成果，尤其對於自己的學友，看到他們的新成果，總是喜不自勝。而於郭丹學弟，我尤其不勝銘感。我的《清詩流派史》，能在臺灣和大陸先後出版，完全是他的大力相助。他是南方人（福建龍岩人），卻兼具南北方人的美德：既亢爽厚重，又機敏穎銳。特別可貴的，是他不像我只知讀書，而是富有經濟才，善於處理繁雜的庶務。讀他這本新著，可以想見其寢饋《左傳》《國策》之深。

　　是為序。

　　劉世南

　　寫於江西師大東區大螺居

**師友偶記：清史大師手札**　　永遠年輕的先生

# 永遠年輕的先生

陳驥

劉世南先生是我的老師、長輩，也是最好的朋友。相識六年來，先生無論在學業還是生活上，都給予我最真切的關懷。他勤奮而樸素的生活，也深深地影響了我。

我和先生都喜歡讀詩，也喜歡寫詩。每次去先生家裡，一進家門，先生定要問我有沒有近作，讓我抄給他看。等我都抄下來，他總是先讀一遍，然後要我一句一句給他解釋，細緻到每一個典故和每一個字的用法。一開始我覺得這是多此一舉，以先生的學養，哪會看不懂這幾首詩。何況，這麼條分縷析下來，有句無篇，渾成盡失，哪還見得詩情在。但時間久了，我才明白先生的用意。

我早年學唐，為追摩所謂「唐音」，動輒三山五嶽，扛鼎叫囂，在先生看來，不免浮華。先生於詩之一道，極重言志，更兼一力學宋，骨骼堅蒼，對我的詩自然是不滿意的。他命我逐字解析，便是要收束我下筆隨意的習慣，幫我洗削繁華。幾年下來，我自覺在先生的影響下，已能領略幾分「老樹著花」的樸淡妙境。與先生談起，先生很謙遜地說：「是你用功，我起不了什麼作用。」但他說完就撫掌大笑，我知道他開心。

先生雖是當世著名的詩人，也寫得一手好文章，卻從不以辭章自高。遇人激賞，多只搖一搖手，言：「這都不算什麼。」相反，先生知道我有時也喜歡讀點花花草草小情調的文章，就經常以「一為文人，斯不足道」來警醒我。先生早年投身革命，意在為國家、為民族探尋一條出路。中華人民共和國成立後，卻主動離開俗世認為很有「前途」的行政崗位，選擇了教書生涯，淡泊自守，著書立說。但無論什麼時候，先生都密切關注著社會民生，保持著傳統知識分子的入世情懷，絕不學那些自命風雅的無聊文人，寫吟風詠月、吹牛拍馬的文章。

## 師友偶記：清史大師手札　　永遠年輕的先生

先生經常跟我說：「文字緣同骨肉深。」打交道久了，便真的成了親人。先生關注民生大事，苟利家國，便奮不顧身，很敢說話。但是，他又每每叮囑我，在社會上要謙遜審慎，切不可亂說話。並且，三番五次向我講起阮籍臨終之時，命其子慎言謹行，與司馬氏合作。並言歷史上的人物，自身能為理想漂泊四方、流血犧牲的所在多有，但是，他們無不希望自己的後代過安定世俗的生活，不要經受任何風浪。先生的叮囑雖視我太高，但這份深情令我感動。

先生對我的關懷，還體現在家庭生活中。早幾年我沒結婚也沒女朋友的時候，最怕的事情就是陪先生出去吃飯。先生坐上首，等大家都敬過之後，他就拉著我離座，挨個用茶水回敬。並且，每敬一個人，先生定指著我說：「他年紀不小了，還沒有女朋友，有合適的姑娘拜託您介紹。」先生挨個敬完一圈，也就請託了十餘人，並且對每一個都恭恭敬敬，再三叮囑。我站在邊上真覺尷尬無比，恨不能找個地洞鑽進去。下一次吃飯又是如此。幾次想甩手跑開，但我知道先生實在是太過關心我，為我著急，不忍拂他的意。成家有了小孩之後，每週探望先生，先生定要看我手機裡妻子和小孩的近照，細細詢問小孩成長的情況。我每次去先生家裡之前，妻子也多會叮囑我先給小孩拍照，一會兒好給先生看。

先生雖然高壽，卻很少鍛鍊。他只愛讀書，白天的時間基本都在圖書館。而老年人睡眠少，他早上一般四五點鐘就醒了，還是坐床上讀書，睡前也必要坐在床上讀一會書。先生有一次跟我說：「有些人每天早晚花大量的時間走路，只是為了多活幾日。但他們每天白天只是去打麻將，這又是何苦？」先生是認為「多壽多辱」的，他從不鍛鍊，也從不吃補藥。甚至在鼻頭基底細胞癌住院手術期間，也是談笑風生，反過來是他勸我們陪護的兩個人要放鬆心態。

已逾鮐背的先生，思想還非常活躍，求知慾比一般的年輕人都要強烈。今年端陽晚上，我在家中燒了菜，帶過去陪先生過節。按先生規矩，二人三菜，喝恆大冰泉。席間縱論古今，興致頗高。論及「革命」的意義與價值，

先生盛讚周有光是「年輕的思想者」。我趕緊獻諛說：「那你也是年輕的思想者。」先生正色曰：「從這個角度講，我永遠是年輕的。」

　　這一次，先生說要出自己學術生涯的最後一本著作，讓自己身邊最親近的幾個人各寫一篇，附於書末。先生一再強調，這本書是學術性的，不是文學性的。但我才疏學淺，不敢也不必裝腔在先生面前談學術。唯著此小文塞責，但求能寫先生之精神於萬一。

**師友偶記：清史大師手札**　　自我肺腑出未嘗隻字纂

# 自我肺腑出未嘗隻字篡

李陶生

在江西師大老校區圖書館的線裝書庫，經常可以看到一位衣著簡樸、白髮蒼蒼的老人家在那裡抄抄寫寫，他就是已九十一歲高齡的劉世南先生，那也是三年前我與他初見的地方。

先生生活上追求簡單，不講究營養。為了節省時間，他每弄一次菜就要吃上十天半個月。為了省錢，平時買的水果和零食都是處理品。先生對自己就是這麼「摳」的。陪伴先生三年多了，從未看他買過新衣服和鞋子，多是撿畢業學生丟棄的舊襯衣、T恤和鞋子，洗乾淨縫補好後再穿，所以到了夏天，先生總是穿得非常「年輕」。我和先生晚上在家看書也只用台燈，不開大燈。生活用水也要重複利用。先生膝下無兒無女，老伴也於多年前去世了，他曾經帶的研究生、我的導師劉松來教授因為擔心先生夜間有突發狀況，叫我晚上和先生住在一起，好有個照應。先生堅持不請保姆，一是因為他把完成洗衣做飯等力所能及的家務當成是讀書之餘的調劑，另外也是為了省錢。

他這樣克勤克儉，只是為了去世後能多捐獻一點。他說：「我平生不賭博，不炒股，不買樂透，所有的存款都是我辛辛苦苦節省下來的血汗錢，一定要用來幫助那些需要幫助且值得幫助的寒門子弟。我雖然有親人，但是他們生活都很寬裕，不需要我的幫助，我不會錦上添花。而對於那些需要幫助的孩子則要雪中送炭。」

他從不鍛鍊，對於健康，他總是聽其自然。先生雖年事已高，但是很喜歡和年輕人交流，喜歡他們身上的活力。很多人向先生請教養生之道，先生總是不知從何說起。或許保持豁達仁厚之心，不為浮名浮利所累，這才是先生長壽的秘訣。

先生的生活在外人看來甚至是枯燥乏味的。他不抽煙不喝酒，也不懂棋牌類娛樂活動，家裡也沒有電視，他絕無僅有的樂趣就是看書，書本是他所有的精神寄託。有一次他作為退休教師代表到井岡山療養一週，可是帶去的

**師友偶記：清史大師手札**　　自我肺腑出未嘗隻字篆

書兩三天就看完了，剩下的時日因為無書可看真可謂是度日如年。先生每日早上五六點起床到晚上九點就寢，其間除了三餐飯，其餘時間基本上是手不釋卷。無論風霜雨雪，他都會像工作人員一樣準時出現在圖書館。他說他希望自己將來能死在書桌旁。

先生說他感到最幸福的就是退休之後的時光，可以整天無憂無慮地在圖書館看自己想看的書，寫自己想寫的東西。先生經常感慨要看的書太多，而自己已日薄西山，時不我待。所以現在他愈加抓緊時間「補課」，而且一如既往地堅持每天自學英語。有人曾問他，這麼老了學這些東西有什麼用，他說：「朝聞道，夕死可矣！」

先生嗜書如命，這和他的家庭有很大關係。先生的父親曾為清代秀才，在父親的教導下，他三歲開始識字，五歲開始讀古籍，並背了十二年古書，包括《小學集注》、「四書」、《詩經》《書經》《左傳》《綱鑒總論》。在這個基礎上，他後來結合漢至唐人的《十三經注疏》和《皇清經解》正、續編，把「十三經」中沒背誦的圈讀一遍，做到經典段落爛熟於心。先生不是死記硬背，而是在父親講解後進行理解性記憶，而且不斷地複習鞏固，化為自己的血肉。所以即便他現在已九十多歲了，但在給學生開講座或者解答問題時，他仍能背誦典故出處的段落。先生的父親藏書豐富，前四史、《昭明文選》、「十三經」、《瀛寰志略》《天演論》等，還有很多詩文集，尤其難得的是，大部頭的「九通」也買了，這使得他能從小就跟著父親博覽群書，開拓視野，養成以讀書為樂的好習慣。先生讀書的同時，還在父親的指導下寫文言文，每週一篇，堅持了七八年，這為他後來進行古文、詩歌的創作打下了很好的功底。

1941年，先生讀完高一就因為家貧而輟學了，但他並沒有因此消極，而是以錢穆、王雲五等自學成才的榜樣激勵自己，工作之餘苦學不止，學習古人剛日讀經，柔日讀史，未嘗一日廢學。天道酬勤，正式學歷只是高一的他，後來由於幾位學生的極力推薦，得以破格到江西師大中文系執教。

## 治學的境界人格的風範

　　這也為他從事古典文學研究和古籍整理工作創造了有利條件，從而寫出了《清詩流派史》《在學術殿堂外》《大螺居詩文存》《清文選》等一系列學術著作。

　　高一肄業後，劉世南先生到稅務局當過稅務生，後來幾經波折，在 1948 年，他到江西遂川縣中教高中國文和初中歷史。同事中有一位叫王先榮的遂川本地人，曾在浙江大學學化學，愛寫新詩，他和朋友們辦了一個詩刊。

　　那時他們剛二十出頭，因為都愛文學，經常在一起閒聊。一天，王先榮轉述聽到的國師舊友的軼事：國師有一對父子教授，父親叫錢基博，兒子叫錢鍾書。這位錢鍾書先生少年英俊，非常高傲，有一次在課堂上居然對學生們說：「家父讀的書太少。」有的學生不以為然，把這話轉告錢老先生，老先生卻說：「他說得對，我是沒有他讀的書多。首先，他懂得好幾種外文，我卻只能看林琴南譯的《茶花女遺事》；其次，就是中國的古書，他也比我讀得多。」聽到錢先生的故事，他十分欽佩，不勝嚮往。

　　十年「文革」，很多大作家、大學者都受到迫害，他想錢鍾書一定在劫難逃。那時，他被下放在江西新建縣的鐵河，在場辦中學教書。1977 年國慶節後幾天，從《人民日報》上看到國慶觀禮代表名單，「錢鍾書」三個字赫然在目，不禁狂喜，還怕沒看清，再仔細辨認，不錯，是錢先生！謝天謝地，總算給我們中國留下一顆讀書的種子。

　　為了向錢先生表達自己這份強烈的慶慰心情，他向錢先生寄出了第一封信，還附寄一篇論文《談古文的標點、注釋和翻譯》，糾正上海古籍出版社以及另外幾家出版社一些注本的錯誤，並分析其致誤原因。信中還談到真正讀書的種子太少，名家也不免弄錯，並進行說明。最後，他在信中表示希望能到錢先生身邊做助手，當學生。錢先生雖說：「生平撰述，不敢倩人臂助，況才學如君，開徑獨行，豈為人助者乎？如魏武之為捉刀人傍立，將使主者失色奪氣矣！」但卻主動向中國社科院文學研究所、中華書局、上海古籍出版社推薦他。對此，劉世南先生一直心存感激。

　　做學問要在不疑處有疑，待人時要在有疑處不疑。「文革」後期，劉世南先生對郭沫若《李白和杜甫》一書提出質疑，寫了《對〈李白和杜甫〉的

## 師友偶記：清史大師手札　　自我肺腑出未嘗隻字篡

幾點意見》，正與當時山東大學蕭滌非教授的觀點相合，該文後來發表在《文史哲》1979 年第 5 期。在 1981 年先生在發於《江西師範學院學報》的《關於宋詩的評價問題》一文中，對毛澤東同志在《給陳毅同志談詩的一封信》中的觀點提出了反對意見，這在當時是非常難能可貴的。

劉世南先生遇到學術難題，便會想辦法向知名學者請教。他曾向馬一浮、楊樹達、王泗原、馬敘倫、龐石帚、呂叔湘、朱東潤、屈守元等知名學者虛心求教，透過書信往來探討問題。先生秉著求真務實的精神，對一些學者在著作中出現的錯誤進行糾正。他覺得：「出版後的作品就會對讀者產生影響，有錯誤就一定要糾正，這樣才不會誤導讀者。如果我的作品裡面有錯，我也誠懇地接受大家批評指正。」

後來，先生把這些刊謬的文章都收集在《在學術殿堂外》一書中。在該書中，他曾對《文學遺產》的主編陶文鵬先生的導師吳世昌先生有過一次善意批評。在讀完先生的文章後，陶先生說劉世南先生的批評是中肯的，並由此對先生產生了敬意，後來陶先生便請福建師大的郭丹教授透過《文藝研究》對先生做了一次訪談，以宣傳他的為人與治學之道。

先生有一部著作叫《在學術殿堂外》，取這個書名有兩層含義：

其一，孔子曾說子路：「由也升堂矣，未入於室也。」先生對自己在古典文學修養方面的評價是：浮光掠影，一知半解。他覺得自己和錢鍾書等大學者比，他未曾升堂，只是在殿堂之外；

其二，和那些自認為在殿堂之內，透過學術造假行為製造文化垃圾的名流比，他羞與為伍，自甘在殿堂外。

看到當今學界對學術進行量化，很多知識分子為了職稱和工資，出現了剽竊、抄襲、占有他人研究成果等學術造假行為。先生義憤填膺，痛心疾首。先生寫這一部書，是為了告誡大家「勿以學術徇利祿」，做學問一定要打好根底，踏踏實實，真正的學問是難以用金錢來衡量的。

先生的另一部著作《清詩流派史》耗時十五年，包括在崗時的十年和退休後的五年。撰寫此書的起因只是按照顧炎武所謂著書應為「前所未有，後

不可無」的原則，希望以此來填補清詩史的空白。他絲毫沒有考慮過此書和評職稱的關係，也沒有參加過任何評獎活動，想到的只是這能體現他的人生價值。先生對電腦等科技產品可謂是一竅不通，所以無法利用網路資源，只能透過傳統的方法查資料。為了寫《清詩流派史》，他不厭其煩地輾轉於校圖和省圖達千百回，然後把有用的寫在卡片上。這正如他在此書後的五古所云：「憶昔每歲除，書城猶弄翰。萬家慶團，獨坐一笑粲。卡片漫盈箱，有得逾美膳。心勞十四載，書成瘁筆硯。」

正是因為甘於寂寞、不徇利祿的治學精神，他才能寫就這部「自我肺腑出，未嘗隻字篡」的經典著作。此書先後在臺灣文津出版社和人民文學出版社出版，受到了學界的一致好評，被稱為是清詩研究的「經典性成果」。他最大的希望是海內外一切清詩研究者，都能成為益友，訊息上互通有無，觀點上互相切磋。他說，蔣寅先生好讀書，學問好，在清詩研究方面的成就也一定會超過我，這是可喜的，「功成在子何殊我」「君有奇才我不貧」，大家應該以學術為天下之公器，破除門戶之見。

先生在學術研究之餘，也喜歡作詩。先生的詩，並非吟風弄月、傷春悲秋之作，而是感時傷懷、憂國憂民的。用他自己的話來說就是「凡為詩，必有為而作，決不嘆老嗟卑，而唯生民邦國天下之憂。所企者：民主與法治；所冀者：公民皆知己為納稅人，而公務員皆知己為納稅人所養，須成為人民真正之公僕」。他的詩文收集在《大螺居詩文存》中，於2009年由黃山書社作為「當代詩詞家別集叢書」之一種出版。

位卑未敢忘憂國。先生熟讀儒家經典，自然深受儒家思想影響。他非常敬仰民族英雄文天祥，每讀一次《正氣歌》，都會不禁潸然淚下。2012年春，我陪先生到井岡山大學講學，講學之餘，文學院老師陪先生去春遊，在去吉安渼陂古村的路上都是交談甚歡。後來去拜謁文天祥墓，先生看著墓碑上刻著的「埋骨青山，盡忠邦國」

等字時，緘默不語，神情凝重，眼噙淚花。先生是性情中人，喜怒之情溢於言表。即便已入耄耋之年，當談到礦難頻發、暴力執法、醫患矛盾、貪汙腐敗等社會陰暗面時，仍會義憤填膺，不禁拍案而起，怒聲喝斥。

## 師友偶記：清史大師手札　　自我肺腑出未嘗隻字篡

　　劉世南先生從七十年前由吉安至善補習學校走上講台開始，直至二十世紀八十年代末於江西師範大學退休，在教師崗位上辛苦耕耘四十五年。在課堂上，劉先生以自己淵博的學識為學生答疑解惑，課後與學生像朋友一樣平等地交流，幫助他們解決生活中的困難。劉先生在學問上求真務實、樂學深思，在為人上知行合一、善良寬容，深受學生們的愛戴。

　　由於劉世南先生在永新中學所教的學生汪木蘭、周勁馨兩位教授的推薦，劉先生才得以到大學任教。如今劉先生老了，也經常得益於他曾經教過的學生。劉松來和包禮祥兩位教授，因為在南昌工作，經常來看望劉先生，在生活上對他體貼入微。由於福建師大郭丹教授的幫助，劉先生的著作《清詩流派史》才得以先後在臺灣文津出版社和人民文學出版社出版。

　　曾經的學生，今天仍然在劉世南先生的關心掛念中。杜華平教授在古典詩詞和楹聯創作方面造詣很高，深得劉先生賞識。遠在外地工作的劉火根、劉國泰，經常打電話來噓寒問暖，讓膝下無兒無女、老伴也於多年前去世的劉先生感到親人般的關懷。最令先生感到欣慰的是，他們都在自己的崗位上取得了可喜的成就。

　　人生識字憂患始。先生一生坎坷，飽經滄桑。他一心為教，以其高尚的人格魅力影響了一代又一代人；他知行合一，一心向學，克勤克儉，時刻把自己與人類命運、民族前途、民生現狀等社會現實相聯繫。「孔曰成仁，孟曰取義，唯其義盡，所以仁至。讀聖賢書，所為何事，而今而後，庶幾無愧。」作為一個知識分子，竭忠盡智，九十四歲高齡的劉世南先生「庶幾無愧」了。

# 跋

　　《師友偶記》正文，包含兩個內容：一為我認為思想正確，我完全尊重的，從他們的身上，可以看出我的身影，無論思想抑或行動，我們追求民主的大方向都是一致的。另一為雖然尊重，而尚有所商榷的，如錢仲聯等前輩，這方面的分歧，有政治思想性的，也有學術觀點的。至於附錄的《夜見劉峙》，則主要說明我在追求真理的過程中，個人的認識隨著社會的實踐而不斷提高。

　　能享高年，始願不及。而歷史變幻，風霜屢經，固多可悲，亦多可喜。回首生平，實多感慨。一息尚存，此志不懈，願與知我者共勉。

　　拙著經郭丹教授幫助整理，並得到福建工程學院福建地方文化資源研究中心的支持，謹此表示衷心感謝！

　　九二老人跋於大螺居

國家圖書館出版品預行編目（CIP）資料

師友偶記：清史大師手札 / 劉世南 著 . -- 第一版 .
-- 臺北市：崧燁文化，2019.09
　　面；　公分
POD 版

ISBN 978-957-681-833-2（平裝）

855　　　　　　　　　　　　　　　　108008922

書　　名：師友偶記：清史大師手札
作　　者：劉世南 著
發 行 人：黃振庭
出 版 者：崧燁文化事業有限公司
發 行 者：崧燁文化事業有限公司
E - m a i l：sonbookservice@gmail.com
粉 絲 頁：　　　　　　網　址：
地　　址：台北市中正區重慶南路一段六十一號八樓 815 室
8F.-815, No.61, Sec. 1, Chongqing S. Rd., Zhongzheng Dist., Taipei City 100, Taiwan (R.O.C.)
電　　話：(02)2370-3310　傳　真：(02) 2370-3210
總 經 銷：紅螞蟻圖書有限公司
地　　址：台北市內湖區舊宗路二段 121 巷 19 號
電　　話：02-2795-3656　傳真：02-2795-4100　　網址：
印　　刷：京峯彩色印刷有限公司（京峰數位）
　本書版權為九州出版社所有授權崧博出版事業股份有限公司獨家發行電子書及繁體書繁體字版。若有其他相關權利及授權需求請與本公司聯繫。
定　　價：300 元
發行日期：2019 年 09 月第一版
◎ 本書以 POD 印製發行